KB270699

중앙아시아 고려인 시문학의 탈식민주의 연구

아무다리야의 아리랑

강회진 지음

문학들

　2005년 5월, 우즈베키스탄 타쉬켄트 근교 세연고 마을에서 처음으로 고려인들을 만났다. 먼 타국에서 들은 고려인의 언어들은 마치 어릴 적 고향 할머니들이 쓰던 사투리와도 많이 닮아 있었다.

　이후 국립 니자미 사범대학 한국어 문학과 학생들을 가르치면서 고려인의 역사와 문학에 대해 눈을 뜨게 되었다. 학생들은 내게 집에 있는 오래된 한글 시집과 소설책들을 가져다주곤 했다. 아울러 한글 신문인 《레닌기치》와 《고려일보》를 구해 읽으며 중앙아시아 한글문학의 실체를 확인, 수집할 수 있었다. 원동(遠東)에서 중앙아시아로 강제이주를 당한 후 척박한 삶을 살아오면서도 한사코 한글로 쓴 그들의 작품들을 외면할 수 없었다.

　고려인의 시문학에 대한 국내 연구자들의 관심은 1980년대 중반 이후 고려인 한글문학에 관한 자료가 한국에 단행본으로 소개된 이후부터 시작되었다. 이후 2000년대에 들어서면서부터 이루어진 다양한 연구들은 고려인의 시문학에 대한 기본 자료를 발굴하고 문학사적 가치와 해석에서 많은 성과를 이루어냈다는 점에서 의의가 있다.

　이 책에서는 기존의 중앙아시아 고려인 시문학에 대한 논의와는 다른 방식으로 텍스트의 의미를 분석하고자 한다. 기존의 연구는 고려인 시문학을 시기별로 구분해 그 특성을 밝히는 데 주력한

반면에 이 책에서는 고려인 시문학의 다양한 탈식민주의적 양상을 규명하는데 목적이 있다.

1937년 원동에서 중앙아시아로 강제이주를 당한 고려인들은 역사적·정치적·경제적·문화적으로 소비에트라는 거대한 지배질서 아래 놓이게 된다. 그러나 그들은 한국어 교육이 수월치 않은 상황에서도 한글로 문학 활동을 감행한다. 한글이라는 모국어를 매개로 창작활동을 했다는 것은 자신들의 정체성을 소비에트라는 거대한 지배질서의 이데올로기에 환원시키기를 거부하는 저항의 한 양상으로 볼 수 있다.

이러한 상황 속에서 창작된 고려인 시문학은 어떠한 식으로든 탈식민성을 구현할 수밖에 없다. 그럼에도 불구하고 그동안 탈식민주의적 관점으로 고려인의 시문학이 연구된 바는 없다. 이러한 연유로 이 책에서는 탈식민적 관점에 입각해 고려인의 시문학이 지니고 있는 특징과 의의를 규명하려고 했다. 특히 호미 바바의 양가성 이론과 흉내내기, 미쉘페쉐의 동일화, 반동일화 이론을 주로 원용했는데 이러한 방법론으로 고려인의 시문학을 살펴보는 작업은 기존의 고려인의 시문학에 대한 접근방식을 더욱 확장한 것이라 할 수 있다.

이 책은 이러한 연구방법을 전제로, 우선 고려인의 시문학의 성립 배경을 개괄적으로 살펴보았다. 아울러 역사적인 흐름과 시문학과의 상관관계를 통해 고려인의 시문학의 사적 개관을 살펴보았다. 또한 고려인들이 모국어인 한글로 작품을 창작하면서, 한편으로는 소비에트 당국의 정책을 받아들여야 하는 상황 속에서 어떻게 시문학을 전개시켜 왔는지 살폈다.

Ⅲ장에서는 고려인의 시문학에 나타난 탈식민주의적 의식 양상에 대해 고찰했다. 고려인의 시문학을 탈식민주의적 의식 양상으로 살펴보았을 때 크게 세 가지로 요약된다. 첫째, 동일화를 통한 정체성 확립, 둘째, 지배질서에 대한 부정, 셋째, 탈주적 귀향의식과 새로운 공간 탐색이 그것이다.

동일화를 통한 정체성 확립의 양상 및 분석은 ① 지배질서 이데올로기의 찬양, ② 현재적 삶의 긍정적 인식, ③ 대체기억-영웅에 대한 형상화의 양상으로 나눌 수 있다. 지배질서에 대한 부정의 양상 및 분석은 ① 강제이주에 관련된 기억 복원, ② 결핍의 공간 인식, ③ 강요된 이미지 거부의 양상 모국어에 대한 재인식으로 나눌 수 있다. 탈주적 귀향의식과 새로운 공간 탐색의 양상 및 분석은 ① 고향에 대한 형상화, ② 어머니에 대한 그리움, ③ 출구로서의 공간 지향의 양상으로 나눌 수 있다.

기존의 고려인 시문학에 대한 해석과는 다른 방향인 '탈식민주의' 이론을 통해 '의식 양상'을 살펴보는 작업은 흥미롭고 의미 있는 것이었다. 그러나 이러한 접근이 문학 텍스트를 분석하는 객관적 연구방법으로 자리매김 하기에는 아직 여러 가지 난점이 남아 있다. 그럼에도 불구하고 이러한 연구방법론은 고려인 시문학의 외형과 내적 의미를 확장시킬 수 있는 하나의 계기가 될 수 있을 것으로 생각한다.

부끄럽지만 첫 책을 세상에 내놓는다. 3년간 낯선 땅에서 낯선 나를 가족처럼 받아준 니자미사범대학교 한국어문학과 학생들과 선생님들, 그곳에서 만난 모든 고려인들에게 감사의 말을 전한다. 그들이 이 책을 탄생시킨 것과 다름없다. 묵묵히 지켜봐 주시고 힘이 되어주시는 아버지와 어머니의 건강을 바라는 마음 간절하다. 흔쾌히 출판을 허락해준 『문학들』에게도 감사의 마음을 전한다. 끝으로 꼼꼼하게 글을 읽고 조언을 아끼지 않으신 이화경 선생님, 고맙습니다.

2010년 새해
강회진

I. 서론

1. 연구의 목적

본 연구는 고려인의 시문학에 나타나는 특징을 탈식민성으로 규정하고, 텍스트의 탈식민주의적 의식 양상을 살피는 데 목적이 있다. 소비에트 시대 고려인 한글문단은 불모지와도 같은 중앙아시아로 강제 이주를 당한 후 70여 년 간 명맥을 유지해온 문단이라는 데 의의가 있다. 조국이 광복된 이후에도 진정한 해방을 누리지 못한 중앙아시아 고려인 작가들은 '소비에트'라는 거대 담론 체계에 포섭되면서도 아울러 독자적인 문학을 구축하려는 양상을 보이고 있다. 식민주의 역사를 지닌 나라에서 이주해온 고려인 작가가 쓴 텍스트는 이산의 경험과 그것이 초래한 결과들을 형상화하고 있다. 소비에트 치하의 속박을 현실로 인정하면서도 상황을 극복하고자 하는 통문화적 혼성성을 보이는 고려인의 시문학은 기존의 시문학과는 다른 독특한 변별성을 보이고 있다.

정신적인 식민 상황을 경험하고 있는 현실 속에서 지배 계급의 담론으로부터 직·간접적으로 벗어나려고 하는 태도를 탈식민주의적 양상이라고 했을 때, 고려인의 시문학은 바로 그러한 양상을 전형적으로 드러내고 있다. 이는 텍스트의 표면과 이면을 동시에 읽는 대위법적 독법을 요구한다. 나아가 이 연구는 강제이주라는 사건과 그 이후 지배질서 아래 받은 억압과 상처를 극복하고자 한 그들 나름의 문학적 글쓰기가 갖는 의미가 기존의 해석과 어떤 식으로 변별성을 갖게 되는지를 밝히고자 한다.

근현대 역사를 살펴볼 때 우리 민족은 자의 혹은 타의에 의해 많은 이민자를 낳았다. 근대화와 함께 서구 열강의 치열한 식민지 쟁탈과 일제 강점, 그리고 한국전쟁을 체험한 지난 1세기 동안 수많은 한국인들은 삶의 공간이었던 한반도를 떠나 전 세계로 흩어지게 된다. 근대 초기에는 기아를 벗어나기 위해 중국과 미국으로 이주 했으며, 을사늑약을 전후한 시기에는 독립운동을 위해 만주와 연해주로, 일제 강점기에는 강제 또는 자발적으로 일본으로의 이주가 이루어졌다. 또 1932년 만주국이 건립된 이후에는 일제의 식민정책에 따라 만주로의 개척 이민이 대대적으로 이루어졌다.[1] 해방 이후 중국과 일본, 그리고 러시아 지역으로 이주한 한인들 가

---

1) 김준엽과 김창순은 을사늑약 이전에는 먹고 살기 위해 간도로 건너갔으며, 이후의 만주로의 이민에는 한일합병 이후 삼시협정(1925. 6. 11)까지는 정치적 계기가 삼시협정 이후 만주 침략(1931. 9)까지는 정치적 경제적 계기가 만주 침략 이후 해방(1945. 8)까지는 정책적 계기가 작용하였다고 지적하고 있다. 김준엽과 김창순(1986). 한국공산주의운동사. p.19.

운데 많은 수는 귀국했으나 여전히 200만이 넘는 한인들은 여러 이유로 귀국을 포기해 각국에서 재외한인으로 남아 있다.

　세계 각처에 흩어져 있는 재외한인들은 그들이 살고 있는 국가의 소수민족으로 해당 지역의 사회·문화 속에서 살아가고 있지만 한인이라는 민족적 정체성을 유지하기 위해 다양한 노력을 기울이고 있다. 그들은 살고 있는 지역의 사회·문화적 상황에 맞추어 모임을 형성하고 그 나름의 고유한 문화를 공유하는 동시에, 소수민족으로서 자신들의 삶을 문학적으로 형상화하는 작업 또한 지속해오고 있다.

　현재 가장 왕성하게 문학 창작 활동을 유지하고 있는 재외한인으로는 중국조선족을 들 수 있다. 일제강점기 전후 만주로 이민을 간 한인의 자손인 중국조선족은 현재 2~3세가 주류를 이룬다. 중국조선족들은 연변조선족자치구가 성립된 이후 자신들만의 민족문화를 유지할 수 있는 발판을 마련하였고, 중국작가협회 연변분회가 설립되어 꾸준히 문학 활동을 하고 있다. 또한, 연변대학이 설립되면서부터 조선족의 문화와 문학에 대한 연구가 집중적으로 진행되고 있다. 그 결과 현재 중국조선족 작가는 300명이 넘으며[2], 연변분회의 기관지인 『연변문예』와 한글 일간지 《연변일보》, 《흑룡강신문》를 비롯하여 『문학과 예술』, 『일송정』, 『도라지』, 『장

---

2) 현재 연변작가협회에 등록된 조선족작가의 수는 도합 336명으로, 그중 시창작위원회에 91명, 소설창작위원회에 63명, 수필창작위원회에 63명, 문학평론창작위원회에 45명, 아동문학창작위원회에 74명이 소속되어 있다. 황송문(2003). 중국조선족 시문학의 변화양상 연구. 2003. 참조.

백산』, 『흑룡강』 등의 문예지가 한글로 발간되는 등 왕성한 문학 창작이 이루어지고 있다.[3] 구한말 이후 중국으로 건너간 조선족이 자치주를 형성해 활발한 문학 활동을 전개할 수 있었던 것은 한국과 밀접한 역사적 관련성과 지리적 근접성에 기반 하고 있기 때문에 가능했다.

중국조선족 문학의 현실에 비해 일본이나 미국 지역 재외한인들의 문학활동은 저조한 편이라고 할 수 있다. 일본에 살고 있는 한인들의 경우에는 해방 직후 1세대들에 의해 한국어 작품 활동이 왕성하게 이루어져 왔으나 2~4세로 내려오면서 점차 일본어로 창작하는 경향이 늘고 있다. 조총련계 재일 동포들은 어느 정도 한민족으로서의 독자성을 유지하고 있는 반면, 현재 재일동포들의 한국어 문학창작은 《종소리》, 《한흙》, 《문학예술》 등의 문예지를 통해 그나마 명맥을 유지하고 있을 뿐이다.[4]

호주나 유럽 등지에 살고 있는 한인들의 문학 활동이 없는 것은 아니나, 이 지역의 한인들은 그들이 속해 있는 국가의 언어로 창작하는 경향이 짙다. 이는 해방 이후 주로 경제적인 이유로 해당 지역으로 이주해 간 재외한인들이 독자적인 문화를 이룰 수 있을 만큼의 집단을 이루지 못했을 뿐 아니라 각 국가의 언어에 동화된 결과라고 할 수 있다.

미주 지역에 거주하는 한인들의 숫자는 200만이 넘는데 이들

---

3) 송현호 등(2008). 중국 조선족문학의 탈식민주의연구. pp. 20~21.
4) 한승옥(2005. 4). 재일동포 한국어 문학연구 총론(1).참조.

은 특히 로스앤젤레스, 샌프란시스코, 뉴욕, 토론토 등지에 집단으로 거주하면서 코리아타운이라는 독특한 한인사회를 기반으로 동인지 활동을 통해 한국어 문학을 창작하고 있다.[5]

중앙아시아의 고려인[6] 문단은 한반도와 지리적으로 단절되었음에도 불구하고, 여전히 '한글문단'이라는 특징을 유지하고 있다. 즉, 고려인의 한글문단은 불모지와 같은 중앙아시아로의 강제이주[7] 후에도 어렵게 명맥을 유지해 왔다는데 의의가 있다. 그들은 고통스러운 타향살이의 시련을 겪으면서도 소수민족으로서 자신들의 존재에 대해 갈등하며 그것을 한글 문학작품으로 그리고 있다. 따라서 고려인 시문학 연구에 대한 지형도는 역사적, 사회적 전환과 역사 변천의 특수성 및 개별적 상황을 동시에 고려해야만 구체적이고 실질적인 면모를 밝힐 수 있다.

김필영(2005, p.797)에 의하면 중앙아시아의 고려인은 크게 세

---

5) 재미 한인들의 문학 활동의 실상은 김종회 편(2003). 한민족 문화권의 문학.에 상세하게 정리되어 있다. 이에 따르면 한국어 창작을 중심으로 하는 한인 문학 단체가 20여 개에 달하고, 영문 창작을 중심으로 왕성하게 활동하는 한인 작가들도 40여 명에 이른다.

6) 중앙아시아에 거주하는 한인들은 자신들을 가리켜 '고려사람'이라고 불렀다. '고려'라는 용어는 한국(또는 조선)을 지칭하는 '까레야(Koryeya)'에서 유래한 것이다. 소비에트 붕괴 이후 1990년대 초 한국 사람들과의 접촉이 빈번해지면서 자신들을 남북한 사람과 중국의 조선족과의 차별성을 확보하기 위하여 '고려사람'이라는 말 대신 '고려인'이라 불렀다, 이후 단체나 기관 등의 명칭에 의해 '고려인'이라는 말이 점차 공식화되었다. 김필영(2004). 소비에트 중앙아시아 고려인 문학사. 참조.

7) 강제이주란 '추방' 혹은 '유형'을 뜻하는 말로 "개인이나 집단 혹은 어느 하나의 민족 전체를 직, 간접적인 탄압에 따라 어느 한 장소에서 다른 곳으로 강압적으로 이주시키는 것"을 의미한다. 심헌용(1999). 강제이주의 발생 메카니즘과 민족관계의 특성 연구. p.19.

부류로 나눌 수 있다. 첫째 부류는 연해주에 살던 고려인들로 1937년 스탈린의 강제 이주정책[8]에 의해 소비에트의 중앙아시아 5개 공화국인 우즈베키스탄, 카자흐스탄, 키르키즈스탄, 타지키스탄, 투르크메니스탄 등으로 이주된 약 20만 명의 한인과 그 후손들이다. 둘째 부류는 일본군에 징용되었던 일본 식민통치하의 한인들과 그들의 후손으로 제2차 세계대전 이후 사할린에 잔류되었다가 1970년대 말 중앙아시아로 이주한 사람들이다. 셋째 부류는 1950년 이후 조선의 국비장학생으로 러시아의 모스코바에서 유학하던 학생들 가운데 소련으로 망명해 중앙아시아에 정착한 사람들이다. 숫자로 볼 때 두 번째와 세 번째 분류에 속하는 사람들은 소수이고, 첫 번째 부류인 1937년 소련 원동에서 중앙아시아로 강제 이주된 사람들이 다수를 이루고 있다.

스탈린에 의해 1937년 소비에트 원동에서 중앙아시아로 이주된 고려인 36,422가구 171,781명 가운데 20,170가구 95,256명이 카자흐스탄에, 나머지 16,272가구 76,525명이 우즈베키스탄에 정착하게 되었다. 현재(2007년) 우즈베키스탄 내에는 약 20만 명의 고려인이 살고 있으며 카자흐스탄에는 10만 명의 고려인들이 살

---

8) 1937년 고려인 강제이주에 대한 스탈린 정부의 공식적 입장은 '고려인들의 일본제국주의를 위한 간첩행위와 이의 위험성 대비'였다. 하지만 실질적으로 불과 한 달이라는 기간 안에 대대적으로 강행된 20만 명이 넘는 사람들이 중앙아시아로의 강제이주의 정확한 이유는 오늘날까지 명확하게 밝혀지지 않고 있다. 그러나 스탈린 정부의 민족적 특색의 말살과 획일화 정책으로 연해주지역에 살고 있던 고려인들이 희생양이 된 것은 사실이다. 즉 스탈린 정부의 입장은 고려인의 강제이주가 전시상황, 민족 간의 폭발적 위험상황에서의 불가결한 조치, 즉 소수민족의 간첩, 첩보, 내부교란, 적대적 행위, 배반적 행위의 방지를 위한 조치였다는 입장이다.

고 있다.[9]

현재 이루어지고 있는 여러 단체나 기관, 개개의 고려인에 관련된 연구는 한민족 문화의 이주 역사, 디아스포라[10]에 나타난 한민족 정체성을 보여주는 학문적 근거가 되고 있다.

본 연구에서는 기존의 중앙아시아 고려인의 시문학에 대한 논의와는 다른 방식으로 텍스트의 의미를 분석하고자 한다. 기존의 연구는 주로 고려인의 시문학을 시기별로 구분해 그 특성을 밝히는 데 있다면 본 연구에서는 시에 보이는 다양한 탈식민주의적 양상을 규명하는데 있다. "탈식민주의(Post-Colonialism)는 식민성/탈식민성의 문제를 제기함으로써 그동안 서구를 보편화하고 비서구를 식민화해온 문화제국주의의 논리들을 비판하는 이론을 지칭한다"(김춘섭, 2001, p.379). 이러한 탈식민주의 이론은 이항 대립적 인식의 세계 운영방식에 대한 저항에서 비롯된다. 또한 탈식

---

9) 주우즈베키스탄 내 한국대사관 엮음(2007). 우즈베키스탄. 참고.
10) '디아스포라(Diaspora)' 라는 용어는 원래 '이산' 을 뜻하는 그리스어이다. 대문자로 쓰면, 기원전 6세기 '바빌론 유수' 이래 팔레스타인 땅을 떠나 세계 여러 곳에 흩어져 사는 유대인과 그 공동체를 가리킨다. 하지만 오늘날 이 말은 유대인들 뿐 아니라 아르메니아인, 팔레스타인 등 다양한 이산 민족을 일반적으로 지칭하는 소문자 보통명사로 사용하는 사례가 많아졌다. 콜롬버스의 아메리카 대륙 침략 이후 그곳으로 끌려간 아프리카 노예들, 노예 해방 이후 그 빈자리를 메우려고 등장한 중국인 노동자들, 이스라엘 민족이 서 아시아(중동)의 심장에서 유대인의 나라를 세우는 사이 대대로 살던, 원래의 거주지 혹은 고향에서 쫓겨난 사람들은 모두 '디아스포라' 라고 할 수 있다. 당연히 '코리언 디아스포라' 라는 말도 있다. 학자들이 주로 언급하는 대상은 19세기 말, 그러니까 한민족이 급변하는 세계 정세에 크게 휘둘리던 때 재일한국인, 중국의 조선족 그리고 스탈린 시대에 중앙아시아로 강제 이주된 옛 소련의 고려인 등이다. 디아스포라에 대해 서경식은 "폭력적으로 자기가 속해 있던 공동체로부터 이산을 강요당한 사람들 및 그들의 후손을 가리키는 용어"라고 정의한다. (서경식과 김혜신 옮김 (2006). 디아스포라 기행. p.14.)

민주의 이론은 지배공간과 피지배공간에 나타나는 식민 제국의 영
향력과 그에 따른 피식민지인의 거부 반응을 주목한다.

　지배와 종속의 관계는 계속적인 마찰과 갈등을 야기시켜 피식
민지인을 타자로 자리매김한다. 따라서 이에 대한 저항은 필연적
일 수밖에 없다. 1937년 원동에서 중앙아시아로 강제이주를 당한
고려인들은 역사적·정치적·경제적·문화적으로 소비에트라는 거대
한 지배질서 아래 놓이게 된다. 그러나 그들은 한국어 교육이 수월
치 않은 상황에서도 한글로 문학 활동을 지속하였다. 한글이라는
모국어를 매개로 창작활동을 했다는 것은 자신들의 정체성을 소비
에트라는 거대한 지배질서의 이데올로기에 환원시키기를 거부하
는 저항의 한 양상으로 볼 수 있다. 따라서 본 연구는 탈식민주의
관점에 입각해 고려인 시문학의 문학적 특성과 의의를 밝히고자
한다.

2. 선행 연구 검토

　고려인 시문학에 대한 연구는 1980년대 중반 이후 구소련 지역
고려인 한글문학에 관한 자료가 한국에 단행본으로 소개된 이후부
터 시작되었다. 이후 2000년대에 들어서부터 다양한 연구가 이루
어지고 있다.

　고려인 시문학에 대한 연구로는 우선, 장사선과 우정권의 『고
려인 디아스포라 문학연구』(2005)를 들 수 있다. 이 연구는 고려

인의 시와 소설, 평론을 아우르고 있으며 《선봉》에 실린 1920년대 문학들부터 고려인 시문학의 기초자료를 분석하고 있는 것이 특징이다. 또한 주요 작가의 간략한 약력과 작품 경향을 살피고 있는 것도 또 다른 특징이라 할 수 있다. 그러나 강제이주 직후인 1937~1950년대 창작된 문학 작품에 대해서 논의가 되지 않은 것은 아쉬움으로 남는다. 기초자료 분석에서 발견되는 주요 작가의 작품 수 분석의 오류 역시 올바른 고려인 문학 연구를 위해 수정·보완되어야 할 부분이라 생각한다.

그 외에 김열규의 「조명희 문학에 나타난 소비에트 모국관」과 「어머니의 땅, 중앙아시아에 피어난 푸른 꽃 러시아 동포들의 문학」(1992)이 있다. 전자는 혁명과 당, 인민을 위해 이바지하는 것을 문학의 이념으로 삼았던 조명희의 문학이 과연 이 시점에서 문학일 수 있는가 하는 물음을 던지고 있다. 그리고 그것이 문학이라면 어떤 종류의 문학인가를 묻고 있다. 후자의 글은 한국문학의 범주를 우리말로 창작된 모든 문학을 포괄하는 것으로 보고 이를 범한국민족문학 내지 범민족문학이라 칭하고 몇몇 시작품을 살펴보고 있다.

이명재는 『소련 지역의 한글문학』(2002)에서 중앙아시아 지역의 문학에 대해 집중 조명하고 있다. 그는 고려인 문학의 특징을 '모국어 사랑과 정체성 찾기', '방랑의식과 향수', '문화갈등과 적응 노력', '정론적 송가' 성향의 네 가지로 요약하고 있다.

또한 이명재 등 6명이 공저한 『억압과 망각, 그리고 디아스포라』(2004)는 민족정체성과 디아스포라를 중심으로 하여 고려인

문학을 분석하고 있다. 이 글에서는 중앙아시아 고려인 문학의 특수성과 작가·작품론, 고려인들의 민족과 고향 인식의 다양한 양상을 다루고 있다. 또한 중앙아시아에서 이루어진 작가와의 현지 좌담을 통해 고려인 문학의 특징과 앞으로의 발전 방향을 제시했다.

윤정헌은 「중앙아시아 한인문학 연구」(2002)를 통해 고려인 문학을 3단계로 나누고 있다. 1937년 강제이주 직후부터 스탈린 통치기간인 1950년대 중후반까지를 '초창기'로, 1960년대에서 1970년대에 이르는 시기를 '이행기'로, 마지막으로 1980년대 이후 1990년대까지를 '정착기'로 규정하고, 각 시기 중앙아시아 한인문학의 전개과정을 정치, 사회적 상황 및 문예적 흐름과의 관련 선상에서 입체적으로 논의하고 있다. 또한 호주지역 이민사회의 한인문학과의 대비적 고찰을 병행하여 중앙아시아 한인문학의 변별적 특성을 나타내고자 한 점이 주목할 만하다.

김필영의 『소비에트 중앙아시아 고려인 문학사』(2004)는 고려인의 문학적 성과를 모아놓은자료집의 성격을 띠고 있다. 소비에트 중앙아시아 고려인 문학사를 한반도를 중심으로 전개되는 포괄적인 한민족 문학사의 한 부분에 해당하는 지역 문학사로 규정하고 있는 점이 특징이다. 김필영은 고려인 문학을 형성기, 발전기, 성숙기, 쇠퇴기로 상정하고 각 시기별로 문학의 특징을 살피고 있다. 아울러 고려인 문학 전체를 접근한 최초의 자료로도 큰 의의를 지니고 있다.

이정희(1993)는 소련 국립 조선극장에서 공연된 작품 내용을 중심으로 희곡문학을 1920년대부터 10년 단위로 각각 시기를 나눠 살펴보고 있다. 이는 구소련 지역 고려인 희곡문학의 경향을 역사 및 영웅주제와 휴머니즘과 사상적 경향, 사회정치적 주제로 나누어 살피고 있다.

김보희의 「소비에트 시대 고려인 소인예술단의 음악활동」(2006)은 1922년부터 1990년까지 고려인 아마추어 예술단인 소인예술단의 음악활동과 음악 레퍼토리를 분석해 고려인 음악의 특성을 밝히고 있다.

주요철(2003)은 카자흐스탄의 극단인 〈고려극장〉에서 공연된 한국의 고전작품을 분석하고 있다. 이를 통해 재소한인들의 연극 형태와 〈고려극장〉이 갖는 연극사적 의의를 밝히고자 했다.

이상의 연구들은 고려인 문학에 대한 기본 자료정리와 문학사적 연구를 유도하면서 고려인 문학에 대한 인식의 변화 및 문학사적 가치와 해석에 많은 성과를 이루어냈다는 점에서 큰 의의가 있다. 그러나 고려인 시문학은 여타의 디아스포라 문학과는 다른 방법으로도 접근이 가능하다. 강제이주라는 집단적 트라우마를 지닌 고려인들은 간접적이든 직접적이든 탈식민성을 구현한다. 따라서 본고에서는 탈식민주의적 관점에 입각해 고려인 시문학에 나타나는 탈식민주의적 양상을 규명하고자 한다.

3. 연구 방법 및 범위

본 연구는 고려인 시문학에 나타난 텍스트의 특징을 탈식민성으로 상정하고 다양한 탈식민주의적 의식 양상을 살펴보고자 한다.

탈식민주의란 억압과 착취를 낳는 지배 이데올로기를 해체 혹은 전복시키는 것을 목적으로 식민화를 지지하는 인종차별의 부당성을 알리고, 지배 권력의 횡포에 제동을 걸어 종주국과 식민국 사이에 발생하는 여러 형태의 불평등을 해소하려고 하는 일련의 경향이다. 주지하다시피 탈식민주의의 '탈(Post)'이라는 접두어는 '~이후에 오는(coming after)' 것이라는 시간적 의미와 함께 '~를 넘어서는(going beyond)'이라는 극복이라는 의미를 동시에 지닌다. 전자의 경우에는 유산의 지속성을, 후자의 경우에는 식민주의 유산에서 벗어남을 강조한다. 전자의 경우는 신식민주의, 후자의 경우에는 탈식민주의로 서로 다르게 번역된다.[11]

본 연구에서는 탈식민주의라는 용어로 통일하여 논의를 전개하고자 한다. '탈'이라는 접두어는 예속상태에서 벗어남, 즉 주권수립과 해방, 그리고 한걸음 더 나아가 의식의 탈식민화를 의미한다. "해방, 광복, 독립"이라는 단어는 억압, 어둠, 예속의 상태에서 벗어남을 의미한다. 그러나 이런 외형적 독립과 국가건설만으로 식민 상태에서 완전히 벗어났다고는 할 수 없다. 눈에 보이지 않는 형태로 신식민주의가 여전히 작동"(박종성, 2006, pp. 7~8 참조)하기 때문이다.

탈식민주의는 다양한 관점에서 논의되고 있으나 크게 두 가지

---

11) '포스트식민주의'라는 사전적 의미를 지닌 'Post-colonialism'이라는 용어는 탈식민주의, 포스트식민주의, 후기식민주의, 신식민주의 등 다양한 용어들로 번역되어 사용된다. 또는 '포스트콜로니얼리즘'이라 부르기도 한다.

로 나눌 수 있다(김성곤, 1992년, 여름호). 첫째, 식민지 이전의 원래 자국의 문화와 언어를 다시 회복하고자 하는 태도이다. 이는 식민지 국가가 제국주의에 의한 정치적 예속 상태에서 해방되었다 할지라도 여전히 언어를 비롯한 교육 분야와 문화적 혹은 경제적 제국주의의 속박에서 벗어나지 못한 현실을 직시하고 이러한 상황을 극복하고자 하는 문화운동을 총칭한다.

둘째는 위와 같은 것의 불가능성을 인정하고 문화적 합병을 제안하는 태도이다. 두 번째 안을 수용하는 탈식민주의자들은 필연적으로 통문화적 혼성성을 인정해야 한다는 입장이다. 탈식민주의는 국수주의에 빠지기 쉬운 전자보다는 다문화 리얼리티가 현재 상황임을 인정하며 보다 더 복합적인 탈식민화 작업을 수행하는 후자를 지향한다. 복합적인 탈식민화 작업은 기존의 식민주의 담론이 제국주의 지배 권력의 재생산에 기여하면서도 그 담론의 권위를 위협하고 와해시키는 요소도 포함하고 있다는 점을 지적하였다. 다시 말해 식민지인들은 지배자들의 교화에 따르는 척하지만 항상 자기들 방식으로 따르기 마련이라는 것이다. 이는 피식민의 '흉내내기' [12]가 지니는 반항적 측면과 식민지 문화에서 드러나는 '혼성'이라는 특성이 지닌 전복성을 강조하는 것이다.

압둘 잰모하메드(Adul janmohamed)에 의하면, 식민주의는 두 단계로 나뉜다(서강목, 1999년, 가을호). 하나는 '지배적 시기'

---

12) 흉내내기는 나이폴(Naipaul)의 소설 『흉내내는 사람들』에서 잘 드러난다. 헬렌티핀 (Hellen Tiffin)은 "나이폴에게서 탈식민 사회는 본질적으로 흉내내는 사회이다."(박종성(1999. 가을). 탈식민주의 담론에서 제3의 길 찾기. 실천문학, p.72.)

이고 또 다른 하나는 '헤게모니적 시기'이다. '지배적 시기'란 식민지화된 순간부터 독립을 얻는 시기까지를 의미한다. 이 시기에는 지배인들이 식민지인들에 대해 직접적이고도 지속적인 조종을 시행하며, 지배자의 우월한 군사력은 식민지인들을 피동적으로 억압에 순응하게 만든다. 반면, '헤게모니적 시기' 또는 '신식민주의' 시기는 전(前)지배자들이 전(前)식민지인들에 대해 간접적이고 간헐적인 조종을 시행하며 후자는 전자의 가치관, 태도, 교육 제도, 관료 체제, 그리고 심지어는 생산의 양식까지도 능동적으로 받아들이게 된다. 이러한 때 제국의 군사적인 힘은 보이지 않는 위협으로 존재하게 된다. 이러한 과정에서 전(前)식민지인들은 제국의 문화를 국제화시키고 자신들도 국제화되었다고 생각하게 된다. 따라서 탈식민주의는 위에서 말한 '지배적' 시기와 '헤게모니적' 시기 둘 다를 아우르고 있으며 식민을 가능하게 하는 반제국주의적, 민족주의적, 제3세계적 문예사조라 할 수 있다.

식민화와 탈식민의 과정을 거친 지역들은 복잡한 양상의 역사를 가진다. 고려인의 역사 역시 식민화 과정과 해당 제국주의 국가의 통치방식이 남다르다는 식으로 섣부르게 일반화해서는 안 된다. 지역성을 고려하여 그 지역의 역사적 진실과 진리에 대한 사유를 지속적으로 행해야 할 것이다.

탈식민주의는 과정의 단계이지 완료형은 아니다. 그것은 바로 지배자와 피지배자 사이에서 지속적인 변증법의 관계를 가진다. 그 변증법 안에서 제국의 지배하에 놓였던 식민주의의 후유증을 드러내 보임으로써 탈식민주의는 과정으로서 의의를 가진다. 그것은 유럽의 식민적 지배 체제로부터의 완전한 독립이라고 하는 외형적인 형식을 가지는 것이 아니기 때문에, 탈식민주의 전략이라고 하는 것은 존재하는 두 세계 안 혹은 그 사이에서 지배담론을 해체하고 나름대로의 담론적 전략을 창출한다.

탈식민주의는 서구 제국주의가 기획했던 억압, 차이, 인종, 성 등의 문제를 전복하는 의미로서 말하기, 글읽기, 글쓰기 과정에서 일종의 실천적 담론으로 담보되어야 한다는 것을 의미한다. 결국, "포스트–"라는 말은 단순히 식민 상태에서 벗어난다는 역사적 흐름을 설명하기 보다는 오히려 식민주의에서 벗어나려는 노력인 탈식민화과정으로 인식해야 한다. 즉, 식민주의 상태와 탈식민주의 상태 사이의 쉽게 넘어설 수 없는 간극을 지칭하는 말이라 할 수 있다.

이 장에서는 탈식민주의 대표적인 이론가라 할 수 있는 미셸 푸코, 에드워드 사이드, 프란츠 파농, 호미 바바, 가야트리 스피박의 이론을 살펴보는 것으로 탈식민주의 이론과 유형에 대해 간략하게 정리하고자 한다.

미셸 푸코는 '권력이 개개인들의 행위를 지배함으로써 그들을 종속시키는 방식'에 대해 탐구를 한 탈식민주의 이론가중 하나다. 그는 권력의 속성보다는 권력이 생기는 방식에 주목하였는데, 권력이란 수직적 속성이 아닌 중심이 없는 밑으로부터 다양한 지점에서 생긴다고 보았다. 또한 그는 이런 권력에 맞서 조직적으로 저항하는 것은 어려운 일이라고 보았다. '담론(discourse)'은 전통적으로 말하기, 말하는 행위, 담화의 의미로 통용되었지만 푸코가 염두에 둔 담론이란, 지배계급이 피지배계급에 일정한 지식과 규율을 강요함으로써 '진리'의 장을 구성하는 언술체계를 말한다. 담론은 세상을 보여주는 하나의 방식이다. 그러나 드러나는 이 세상의 모습은 일방적으로 조작된 것이라는 데에 문제가 있다. 어떤 언술은 허용되고 다른 언술은 허용되지 않는 식으로 말이다. 분류, 배분, 순서를 정해서 만들어진 언술체계는 개개인을 통제하고, 지배하고, 순응시키는 데 동원된다. 국가권력은 종주국으로 치환될 수 있고, 권력담론은 식민주의라는 형태로 나타날 수 있다. 이런 점에서 푸코의 권력담론은 탈식민주의에 이론적 틀을 제공하는데 적합하다고 할 수 있다.

사이드는 오리엔탈리즘의 이론적 토대를 푸코의 이러한 권력담론으로부터 끌어왔다. 사이드는 한 국가 내에서 권력이 작동하는 방식을 동양과 서양 사이의 권력 작동방식에 적용했다. 『오리엔탈리즘』(에드워드 사이드, 박홍규 역, 1991)이란 저서에서 그는 오리엔탈리즘이란 바로 '동양'과 '서양'이라고 하는 것 사이에서 만들어지는 존재론적이자 인식론적인 구별에 근거한 하나의 사고방식일 뿐이라고 폭로하고 있다. 요컨대 오리엔탈리즘이란, 동양을 지배하고 재구성하며 억압하기 위한 서양의 방식이자 하나의 담론이며 유럽문화가 동양을 정치적, 사회적, 군사적, 이데올로기적, 과학적, 상상적으로 관리하거나 심지어 동양을 생산하기도 한 거대한 조직적 규율이라는 점이라는 것이다. 사이드는 미셸 푸코의 '지식의 고고학'과 '감시와 처벌'에서 설명한 담론이라는 개념을 원용하여 오리엔탈리즘의 본질임을 밝힘으로써 권력이 담론의 형태로 재현되는 것을 알리고 있다.

사이드의 이론을 텍스트 즉 담론의 영역으로 끌어들이면, 텍스트는 서술 양식과 현실 자체마저도 권력의 자장 안에 놓일 수밖에 없을 것이다. 권력의 담론 내부에서 생성된 텍스트의 내용을 결정하는 본질은 작가의 독창성에 있는 것이 아니라 담론의 실체적 존재인 것이다. 이렇듯 소비에트 권력 담론 안에서 시문학 텍스트를 생산했던 고려인 작가들 역시 계급, 신념체계, 사회적 지위, 의식, 무의식 전반에 걸쳐 영향을 받을 수밖에 없었던 것이다.

제3세계 반제국주의 운동의 기수로 평가받고 있는 프란츠 파농은 식민 상태에서 독립을 쟁취하기 위한 수단으로서 폭력사용을 정당화했다. 그가 생각하는 탈식민화는 무력투쟁을 동원한 식민지의 해방 및 식민지인의 자기해방이었다. 그가 지향했던 바는, "모두가 역사의 주체가 되고 정치의 주인공이 되는" 사회건설에 있었다. 프랑스령 마르티니끄에서 흑인 아버지와 백인 어머니 사이에서 혼혈로 태어난 그는 모국인 프랑스로 돌아가 제2차 세계대전 때 나치에 맞서 '모국'의 프랑스군에 자원입대를 했다. 그러나 그는 흑인으로서 겪어야만 했던 인종차별의 현실에 부딪친다. 그는 백인 피부를 갖고 싶어 했으며, 프랑스인인 것처럼 행동했다. 하지만 그는 이런 흉내내기가 부질없는 짓이라는 것을 통렬히 깨닫게 되었다.

파농과는 달리, 호미 바바는 정치적 해방, 경제적 약탈, 정의 실현 등에 대해 고민하고 언급하기보다는 문화적 차이에 대해 언급한다. 호미 바바가 말하는 탈식민주의 이론의 핵심은 다음과 같이 요약할 수 있다.

첫째, 양가성(ambivalence)이다. 호미 바바는 백인 식민지배자는 피식민지인 앞에서 지배욕망과 더불어 두려움을 느낀다고 주장한다. 다음으로는 잡종성(hybridity)이다. 식민지인의 문화적 정체성은 백지상태가 아닌 얼룩진 상처 위에 구축된다. 이때 지배자는 피지배자에게 자신들을 따를 것을 요구한다. 그러나 자신들과는 비슷해야만 하고, 완전히 똑같아서는 안 된다고 분명한 선을 긋는다. 종주국은 식민국을 지배하기 위해 피식민지인들이 종주국민을 모방하도록 요구하면서도 차별화 전략을 통해 자신들의 우월성을 인식시켜 지배의 정당성을 확보한다. 따라하기와 구별짓기 사이에서 피지배자는 '잡종' 이 되는 것이다. 셋째, 흉내내기(mimicry)이다. 호미 바바는 식민지인의 흉내내기는 저항 또는 전복의 가능성을 지니고 있다고 보았다. 파농이 말하듯이 백인을 모방하려는 흑인의 심리를 '하얀 가면을 쓰고 자신의 정체성을 정당화하려는 행위' 로 간주하는 반면 호미 바바는 흉내내기 속에 저항의 의미가 담겨 있다고 보고 있다. 호미 바바는 자신의 논문 「흉내내기와 인간에 관하여」에서 이러한 생각들을 더욱 발전시키고, 피식민주체의 양가성이 '흉내내기' 의 효과를 통하여 어떻게 식민지배자의 권위에 직접적 위협이 되는지를 탐구한다. 호미 바바는 흉내내기를 "식민권력과 지식의 가장 교활하고 효과적인 전략들 가운데 하나"(호미 바바, 나병철 옮김, 2002, pp. 177~91)로 보고 있다. 또한, 호미 바바에 따르면 양가성은 동일시와 거부의 과정을 수반한다. 이에 대해서는 다음 장에서 구체적인 작품을 통해 살펴보도록 하겠다.

가야트리 스피박은 안토니오 그람시가 사용한 용어인 '서발턴(하위주체)'의 목소리, 경험, 역사를 집중적으로 연구 대상으로 삼고 있다. 그녀는 서구 페미니스트들의 유럽적 시각이 제3세계 여성의 현실을 설명하는데 보편타당한 것이 될 수 없다는 문제의식에서 출발하여 그들과 자신 사이의 관점의 차이를 부각시킨다. 그녀는 영국 제국주의와 인도 가부장제하에서 이중으로 억압당하는 인도 여성들이 자신들의 처지를 말할 수 없는 상황에 주목한다. 그녀가 지향하는 목표는 하위주체를 억압과 예속상태로부터 해방시키는 것으로, 하위주체를 위해 이들을 재현하거나 묘사하는 대신에, 이들에게 '말을 걸어' 스스로 목소리를 낼 수 있는 전략을 택한다. 그러나 스피박은 하위주체가 '자율성'을 갖는다는 그람시의 주장을 일축한다. 스피박은 하위주체의 저항 가능성을 인정하지 않는다. 즉, 하위주체가 지배담론의 틀 속에 갇히게 되면서 전투성, 저항성, 반대성이 작동하지 못하게 되었다는 것이다. 결국 스피박은 하위주체를 대신하여 말한다는 것은 불가능하다고 주장한다. 하위주체가 하는 말을 올바르게 재현하기 위해서 식민지 지식인들은 하위주체를 대표하거나 묘사하는 대신에 그들에게 평등하게 '말 걸기'와 세심하게 '귀 기울이기'의 태도가 필요하다고 말한다.

탈식민주의는 정신적인 식민 상황을 경험하고 있는 현실 속에서, 지배계급의 고통스런 잔해들로부터 끊임없이 벗어나고자 하는 태도로 정의했을 때, 탈식민주의적 글쓰기와 글읽기는 한 민족과 국가의 문화적 상황에 따라 다양하게 드러날 수밖에 없다. 특히 중앙아시아 고려인 작가들은 실제 생활뿐만 아니라 창작 의식까지 소비에트에 점령당하고 처분에 맡기는 생활을 이어왔다. 정치 사회 역사적으로 전혀 상이한 문화 속에서 지식과 문학이라는 고도로 복잡한 의식 체계를 억압당하고 조작 당하는 상황을 그린 텍스트를 고찰하는 작업은 만만치 않았다. 소비에트라는 거대 지배질서로부터 강제이주라는 역사적 상흔을 겪은 고려인 작가의 문화적 정체성은 백지상태가 아닌 얼룩진 상처 위에 구축된 하나의 담론, 곧 살아 있는 정치권력과 직접적인 대응관계에 있는 것이 아니라, 도리어 다양한 권력과의 불균형적인 교환과정 속에서 생산되고, 또한 그 과정 속에 존재한 것이었기 때문이다. 고려인 작가들의 텍스트는 '있는 그대로의' 묘사로서의 표상이 아니라, '조작으로서의 표상' 이라는 결코 눈에 보이지 않는 흔적으로 나타나고 있었기 때문이다.

소비에트 치하의 고려인 작가들의 텍스트는 전형적으로 '헤게모니적 시기' 또는 '신식민주의' 시기에 나타나는 양태를 보이고 있었다. 초기에는, 간접적이고 간헐적인 조종을 시행하는 소비에트 치하에서 고려인 작가들은 가치관, 태도, 교육 제도, 심지어는 생산의 양식까지도 능동적으로 받아들이는 모습을 보이고 있었다. 분류, 배분, 순서를 정해서 만들어진 언술체계가 개개인을 통제하고, 지배하고, 순응시키는 데 동원되듯이, 고려인 작가들은 당대의 담론을 수용하는 텍스트를 생산하고 있었다. 이러한 양상은 하위주체인 고려인 작가가 지배담론의 틀 속에 갇히게 되면서 전투성, 저항성을 발휘하지 못하고 있는 것으로 파악된다. 하위 주체가 생산한 텍스트를 올바르게 재현하고 고찰하기 위해서는 텍스트를 향한 세심한 '말 걸기'와 '귀 기울이기'의 태도가 필요하지 않을 수 없었다. 아울러 여러 탈식민주의 연구가들의 정치한 이론을 통한 치밀한 분석 작업도 동반되어야 했다.

본고는 이러한 연구방법론을 토대로, 우선 Ⅱ장에서는 고려인 시문학의 성립 배경과 사적 개관을 살펴볼 것이다. Ⅲ장에서는 고려인 시문학에 나타난 탈식민주의적 의식 양상에 대해 구체적으로 살펴볼 것이다.

본고는 고려인 시문학에 있어서 중요한 모티프인 탈식민주의 양상의 문제를 함께 거론할 수 있는 연구방법론으로 호미 바바의 흉내내기와 양가성 이론, 미쉘페 쉐의 동일화, 반동일화 이론을 원용하고자 한다. 지배이데올로기에 대한 호미 바바의 저항전략 중 하나인 흉내내기는 라캉에게서 빌려온 것이다. 흉내내기는 적을 이기기 위해 직접 대항하는 대신 위장을 통해 적을 전복시키는 고도의 전략으로서 전쟁에서 흔히 적의 정보를 캐내기 위해 잠입할 때 적과 똑같이 위장하는 경우와 같다. 겉으로는 차이가 없지만 그 실상은 지배 이데올로기에 저항하는 것이다. 또한 양가성은 프로이트에게서 빌려온 개념이다. 프로이트에게 양가성은 성적 본능과 죽음의 본능이라는 두 가지의 본능이 공존함을 뜻한다. 프로이트는 사랑에는 미움이 규칙적으로 동반(양가성)한다고 말한다. 호미 바바는 이런 이중성을 받아들여 식민 담론의 대상은 양가성의 특징을 지닌다고 보았다. 왜냐하면 식민담론의 대상은 지배자인 동시에 피지배자가 되려는 식민주의적 환상처럼, 조소의 대상인 동시에 욕망의 대상이 되기도 하기 때문이다. 따라서 양가성은 동일시와 거부의 과정을 수반한다. 또한 "이데올로기적 실천을 통해 주체 형성을 강조"한 미쉘 페쉐는(다이안 맥도넬, 임상훈 옮김, 1995, p.53) 주체가 구성되는 세 가지 방식을 주장한다. 동일화, 반동일화, 비동일화가 그것이다. 동일화를 통해서는 선(善)한 주체가, 반동일화를 통해서는 악(惡)한 주체가 상정된다. 이에 대해서는 Ⅲ장 1절에서 자세히 논의할 것이다.

한편, 본고는 시기적으로 고려인들이 1937년 원동[13]에서 중앙아시아로의 강제이주 후 1990년대 초 소비에트 붕괴에 이르는 50여 년간을, 지역적으로는 고려인들이 집단적으로 거주하였던 카자흐스탄과 우즈베키스탄을 중심으로 두었다. 작품의 범위는 고려인 작가에 의해 한글로 창작된 작품들만을 연구 대상으로 삼았다.[14] 연구 대상은 신문 《레닌기치》[15]의 '문예페지'[16]에 발표된 시들을 중심으로 하였다. 《레닌기치》는 강제 이주 전까지 원동에서 발간되었던 한글신문 《선봉》(1923)의 후신이라 할 수 있다. 우리말로 발행

---

13) 원동(遠東)이란 러시아어권에서 아시아의 동쪽 끝을 지칭하기 위하여 사용된 용어이다.

14) 재외한인 문학에 대해 논의하기 위해서는 무엇보다 창작 언어라는 조건과 작품이 그리고 있는 세계가 논의의 핵심이 될 수밖에 없다.

15) 소비에트 중앙아시아 고려인 최대의 민족신문 레닌기치는 카작스탄에서 1938년 5월 15일 창간되어 1990년 12월 31일자로 폐간되었다. 1939년 5월 24일자 레닌기치 지면에는 "문예페지"란이 생겨 고려인 작가들이 작품을 발표할 수 있는 여건을 마련해주었다.

16) '문예페지'와 '문예란'의 차이로는 《레닌기치》 신문지면 한 면 전체에 문학에 대한 기사나 작품을 실을 때는 '문예페지'라 하였고 문학작품이 어느 한 면의 일부만을 차지할 때는 '문예란'이라 하였다. 《레닌기치》 폐간 이후 고려일보는 '문예페이지'로 지칭하였다. 본고에서는 편의상 '문예페지'로 표기한다.

된 유일한 신문이었던 《레닌기치》는 이주 고려인들의 유일한 언론
매체였으며 고려인들이 문학 작품을 발표할 수 있었던 지면이기도
하였다. 이 외에 단행본으로 출판된 시[17]들을 살펴보았다. 그러나
대부분의 작품집들이 《레닌기치》에 실린 작품들을 재수록하여 발
간하였다는 점을 감안할 때, 《레닌기치》는 소비에트 중앙아시아 고
려인 문학이 형성된 직접적인 배경이라고 할 수 있으며 고려인 문
학연구에서 가장 중요한 위치를 차지하고 있음을 알 수 있다.[18] 또
한 1990년 12월 31일자로 《레닌기치》의 폐간 후 1991년 1월 1일 창
간된 《고려일보》에 실린 몇몇의 시들을 살펴보았다.[19]

---

17) 참고한 작품은 다음과 같다. 박일 편(1958). 조선시집. 종합작품집(1971) 시월의 해빛.
종합작품집(1975). 씨르다리야의 곡조. 종합시집(1982). 해바라기. 김준(1977). 그대
와 말하노라. 김준(1985). 숨. 종합시집(1988). 꽃피는 땅. 리진(1989). 해돌이. 김광현
(1986). 싹. 연성룡(1986). 행복의 노래.
18) 《레닌기치》외에 소비에트 중앙아시아 고려인 문학 발전에 밑거름이 된 다른 요소로는
고려극장의 연극활동과 카작스탄 작가동맹에 고려인 작가 분과가 설립된 것과 고려
인 작가들의 활동을 들 수 있다. 이로 인해 카작스탄 작가동맹의 출판사인 '자주싀'
(카작어로 '작가' 라는 뜻)를 통하여 고려인 작가들은 개인 작품집이나 공동 작품집을
출간하였다.
19) 위의 기초자료 수집을 위하여 본 연구자는 3년여 동안 우즈베키스탄 타쉬켄트에 거주
하며 현지 조사 및 자료조사를 하였다. 자료조사는 주로 현지 고려인들을 통해 관련
논문과 서적을 수집하였으며 신문 《레닌기치》 창간호에서부터 폐간호까지를 수집하
였다. 그리고 우즈베키스탄과 한국에서 발행된 '고려인의 이주사' 및 '고려인 문학
사' 등에 관련된 단행본과 소논문, 에세이 등을 참조하였다. 또한 현지 고령의 고려인
들과의 개별 인터뷰와 구술을 통한 고려인 문학의 역사적 배경과 문학담론은 연구에
많은 도움을 주었음을 밝히고자 한다.

II. 고려인 시문학의 배경과 개관

1. 고려인 시문학의 성립 배경

본 장에서는 고려인 시문학의 성립 배경 및 사적 개관을 사회·역사적인 측면에서 살펴보고자 한다. 또한 고려인들이 한글 작품을 창작하면서, 한편으로는 소련 당국의 정책을 받아들여야 하는 상황 속에서 어떻게 시문학을 전개해 왔는지 살피고자 한다.

본 연구에서 지칭하는 고려인 한글 문학이란 "소비에트 중앙아시아 고려사람 작가들이 고려사람 독자들을 대상으로 그들의 민족 말인 고려 말로 창작한 문학 작품"(김필영, 2004, p.53)을 일컫는다. 고려인 시문학이 재기(再起)된 시점은 강제이주 후 최초의 한글 신문인 《레닌기치》가 발행된 1938년을 기준으로 삼는다.[20] 이때, '소비에트 중앙아시아 고려인 작가가 한글로 창작하고 발표한 작품'이라는 것은 소비에트 중앙아시아 고려인 문학의 생산과 존재가 소비에트의 이념과 사회주의 제도를 지키는 것을 전제로 하고 있음을 보여준다. 이렇게 볼 때 고려인 시문학은 소비에트의 정치적 이념과 현실에서 자유스러울 수 없으며 의식 양상 역시 굴절의 형태를 지니고 있음은 당연한 일이다.

고려인 문학이 태동한 곳은 러시아 연해주 블라디보스톡 시 신한촌(新韓村)[21]이다. 1917년 10월 혁명 이전부터 원동지역에선 여러 종류의 한글잡지와 신문들이 발행되어, 기본적으로 문학 공간을 가지고는 있었다. 그러다 1922년 소련의 문맹퇴치운동에 힘입어 모국어에 대한 관심이 늘어남에 따라 자체 문학 활동을 위한 바탕이 마련되었다. 1923년 전연맹 공산당 원동변강위원회와 원동변강 직맹 소비에트 기관지인 《선봉》[22]이 블라디보스톡에서 창간

---

20) 한진의 말에 따르면 "쏘비에트 조선문학의 출발점은 보통 1923년으로 취정하는 것이 상례로 되어 있다. 그래 3월 1일, 삼일운동 4주년을 맞는 날 선봉신문 창간호가 세상에 나왔다.(중략)처음으로 쏘련에서 조선말로 산 조선사람들의 문학작품들이 출판되기 시작하였으며 첫 작가들과 시인들의 이름이 알려지게 되었다." 그렇지만 고려인이 중앙아시아로 강제 이주를 당한 후 레닌기치 신문이 발간되면서 고려인 작가들의 문학활동이 재기되었다. (한진(1990). 오늘의 벗.)

21) 신한촌은 일제강점기에 러시아 연해주의 블라디보스토크에 자리잡고 있던 한인 집단 거주지로서 일명 신개척리(新開拓里)라고도 한다. 1914년 제1차 세계대전 발발 이전까지는 국외독립운동의 중추기지 구실을 하였다. 이곳에서 독립운동을 위한 거의 모든 무기가 공급되었다. 동북아평화연대(2008.6). 동북아의 꿈.p.60.

22) 《선봉》, 사회 혁명의 선봉에 선다는 이름을 딴 이 정기간행물은 1923년 3월 1일에 러시아 블라디보스톡 연해주 거주 한인들이 창간한 한글신문이다. 편집자는 한반도의 지사출신으로 출판업에 종사하던 이백초, 이성, 오성묵, 이괄, 김홍집 등이 자주 바꾸어 맡았다. 발행부수는 1926년 3천 부 정도였고 기자는 70여명이었다고 전한다. 1928년 가을(9월8일자)에는 러시아 작가 고리키가 고려인 작가들에게 보낸 편지도 게재된 바 있다. 이 신문은 사실 오래도록 소련지역 고려인 한글 문학의 구심점 역할을 한 편이다. 그러나 이 신문도 역시 1937년 가을에 강행된 스탈린 정권의 중앙아시아로의 한인 강제이주 정책에 의해서 그 해 9월 중순에 폐간되었다.

되었다. 이로써 《선봉》은 소비에트 한인문학의 견인차 구실을 하게 된다.

1928년 막심 고리끼의 글이 《선봉》에 게재[23]되는가 하면, 블라디보스톡 신한촌에 소재한 스탈린 클럽이 한인 문화 활동의 중심 역할을 하게 되면서, 카프(KAPF)출신으로 일찍이(1928. 7) 연해주로 건너온 조명희[24]를 비롯하여 연성용, 채영, 태창춘, 전동혁, 조규동, 조기천, 한아나똘리, 김기철 등의 문인들이 한인문단을 형성하였다.

---

23) 1928년 8월 고려인 기자 해삼협회는 고리끼에게 서한을 보내 작가의 환고향을 축하하며 문예창작에 관한 조언을 요청하였다. 1928년 9월 30일자 《선봉》에 발표되었던 고리끼의 회신은 신문사에서 일하던 고려인 기자들과 작가들을 고무시키기에 충분하였다. "당신네 조선 사람들이 무슨 일을 하는가, 무엇을 달성하겠는가, 당신들한테서 새것이 어떻게 자라나는가 하는데 대하여 쓰었으면 좋겠다"는 내용의 고리끼의 회신에 대한 대답으로 원동 고려인 작가들은 적극적으로 문예운동에 참여하였다. 고리끼의 회신은 소비에트 중앙아시아 고려인 작가들의 공동 작품집 『씨르다리야의 곡조』(1975)의 머리말에 실린 우가이 블라디미르의 글 「시월이 낳은 문학」에 인용 되었다.

24) 조명희는 1894년 충북 진천군 진천면 벽암리 수암부락에서 태어나 초등학교 과정을 마친 뒤, 중앙고보를 거쳐 일본 동경 동양대학 동양철학과에서 수학했다. 일제의 카프 문인 탄압을 피해 1928년 8월 21일(음력 7월 7일)소련으로 망명, 블라디보스톡 신한촌에 거주하게 된다. 스탈린에 의한 소수민족 강제이주에 즈음한 소수민족 지도자 숙청 작업에 의해 1938년 5월 11일 총살당하기까지, 그는 블라디보스톡, 우리스크, 하바로프스크 등 소련의 원동지역을 전전하면서 조선사범학교 조선어문학 교사, 조선사범대학 교수, 《선봉》의 문학편집자, 소련작가동맹 원동지부 간사 등의 직함을 가지고 프롤레타리아 혁명문학의 가치 아래 왕성한 창작활동을 하는 한편, 재소 한인문학의 후진 양성에 힘썼다. 조명희는 만주에서 독립운동을 다룬 〈만주 빨치산〉을 집필 중이던 1937년 가을(9월 18일) 간첩 혐의로 KGB에 의해 체포된 후, 명확히 최후가 밝혀지지 않음에 따라 1942년 2월 20일이라는 당국의 사망통보일자를 받아들일 수밖에 없었다. 그러나 조명희의 딸 조선아에 의하면 조명희는 1938년 5월 11일 밤 11시에 하바로프스크 감옥에서 일본 간첩의 누명을 쓰고 죽음을 맞이한 것으로 밝혀졌다. 우즈베키스탄 타쉬켄트에 위치한 '알리쉐르 나보이 박물관'에는 아주 작은 '조명희 문학기념실'이 있다. 이곳에는 KGB당국의 사망확인서와 당시의 연행상황을 서술한 러시아어로 된 증명서를 비롯한 각종 자료들이 조명희의 육필자료와 함께 전시되어 있다.

조명희는 연해주로 망명하여[25] 조선의 해방을 노래하고, 볼세비키 혁명을 찬양하면서 사회주의 국가 건설을 위한 노력을 기울인다. 조명희의 망명 후 태동하기 시작한 고려인 문단[26]은 《선봉》을 중심으로 작품활동이 활발하게 이루어지게 된다. 그러다가 강제이주 후, 1938년 5월 15일 창간된 《레닌기치》[27]는 고려인 작가들이 한글로 작품을 발표할 수 있는 유일한 지면으로 등장하게 된다. 1956년부터 '문예페지' 면이 만들어지면서 고려인 문학의 맥을 이어가는 데 중요한 역할을 한다.

---

25) 《레닌기치》 1984년 8월 10일자 신문에 실린 조명희 탄생 90주년 기념에 즈음한 기사에 의하면 조명희가 망명한 동기를 "작가의 선진적인 정치 및 사상적 무장, 날카로운 정론적인 그의 필치, 근로 대중의 이익을 옹호 지지하는 그의 문학, 군내와 해외에서 날로 높아져가는 그의 명성과 위신-이 모든 조건들로 하여 조명희는 일본 경찰들의 박해와 억압을 받게 되었다"고 전한다.

26) 정상진은 "소련 고려인 문학이 본격화되기 시작한 것은 포석 조명희 선생이 1928년 소련에 망명한 시기부터이다. 조명희 선생이 소련에 망명해 와서 첫 작품으로 산문시 「짓밟힌 고려」를 썼는데, 이것은 너무나 뜻 깊은 한 개의 사건, 소련 고려인 문학의 새 시대를 시작하는 선언이기도 했다"라고 말한다. 그는 "당시 고려인 청년으로서 이 산문시를 읊지 않는 사람이 없었으며, 모임에서 으레 읊어야 하는 애국 시편으로 되었다. 조명희 선생의 직접적인 영향 아래서, 또한 그의 지도 아래서 고려인 문단이 결성되었으며 발전하기 시작하였다"(정상진(2005). 아무르만에서 부르는 백조의 노래. pp.187~192)고 진술하였다.

27) 창간 당시는 《레닌의 긔치》라는 명칭이었으나 1950년 7월 26일부터 《레닌의 기치》로 수정되고 1952년 1월 1일을 기해 《레닌기치》로 제호를 바꾸었다.

2. 고려인 시문학의 사적 개관

소비에트 시대 고려인 문학의 경우 역사적 흐름과 문학의 상관관계는 아주 긴밀하다. 이중 가장 큰 변화로는 스탈린 체제하에 벌어진 한인들의 강제이주정책을 들 수 있다.

1937년에 스탈린 정권이 연해주의 한인들을 중앙아시아로 강제이주시킨 정책에 대한 언급은 강제이주 70년이 되는 2007년까지 명확하게 증명된 바 없다. 그러나 모스크바 극비 자료실에서 발굴된 당시 소연방 공산당 중앙위원회 관련 서류를 통해 강제이주와 관련된 사실들이 밝혀지고 있으며 여러 학자들의 연구 결과(고송무, 1990, p.11 ; 임채완, 1991, p.63)와 아울러 다음과 같은 몇 가지 원인들을 살펴볼 수 있다. 첫째, 1930년대에 들어서 일본의 침략적인 정책으로 극동의 사태가 더욱 첨예화되었고 이에 대해 소련이 불안감을 갖게 되었다는 점, 둘째, 연해주 한인들은 연해주의 소비에트화(化)에 많은 공헌을 했을지라도 소련 당국은 한인들을 완전히 믿지 못했다는 점,[28] 셋째, 소련은 한인들이 연해주에서 벼농사에 성공하자 이를 더 크게 활용할 생각을 했는데, 이를 위한 대상지

---

28) 블라지미르 김은 중앙아시아의 경제적 활성화를 위해 고려인들을 이주시킨 것이 아니라 중앙아시아를 항상 위험 지대로 간주한 스탈린 지도부는 이러한 이유로 이곳에 '죄 많은' 소수민족을 이주시킨 것이라 주장한다. 이때 '죄 많은' 소수민족은 연해주의 고려인을 포함하여, 볼가강 유역의 독일인, 체첸인, 잉구쉬인, 카라카예프인, 카프카스의 터기메스헤틴인, 크림 반도의 따따르인 들이었다. 이를테면 고려인들의 중앙아시아 강제 이주 정책은 소련 내의 소수민족 통제 정책의 일환이었던 것이다. 블라지미르 김, 김현택 옮김(2002). 러시아 한인 강제 이주사. 참조.

가 중앙아시아의 광활한 황무지였다는 점, 넷째, 중앙아시아에 이주시킴으로써 한인들이 한 곳에 모여 살지 않고 여러 곳에 퍼져 주위의 많은 민족과 섞여 살게 하자는 목적이 있었다는 점, 다섯째, 원동 지방의 영토 분쟁 소지의 사전 방지책 등이 그것이다. 그러나 스탈린 정부의 민족적 특색의 말살과 획일 정책과 더불어 고양되어 가던 전전의 분위기 속에서 고려인들이 희생양이 된 것만은 사실이다. 즉 "스탈린 정부의 입장은 고려인의 강제이주가 전시상황, 민족 간의 폭발적 위험상황에서의 불가결한 조치, 즉 소수민족들의 간첩, 첩보, 내부교란, 적대적 행위, 배반 행위의 방지를 위한 조치"(블라지미르 김, 김현택 옮김, 1995)를 고수하는 데 있었다는 것은 분명해 보인다.

고려인들을 중앙아시아로의 강제이주 정책은 일사불란하고 신속하게 처리되었다. 스탈린의 강제 이주 정책은 고려인들로 하여금 스스로 한인임을 부정한 채 숨죽여 살게 만들었다. 이는 "어떤 조직적 민족 통합 움직임조차 민족분리주의로 오해받을 수밖에 없는 현실과 강제 이주의 경험을 통한 피해의식은 극심한 냉소주의를 확산시키면서 한인들의 민족의식을 약화"(이종훈, 1994, p. 165) 시키는 결과를 초래했다.

스탈린 정권은 고려인들을 중앙아시아에 거의 방치하다시피 했다. 강제이주 전인 1935년경부터 한인들의 지도자 계층을 중심으로 대대적인 숙청작업을 벌였는데 그 수는 2천 5백 명 정도에 이르렀다. 이러한 무자비한 숙청 작업에 대한 기억은 고려인들로 하여금 극심한 공포심에 사로잡히게 했다.

고려인들은 3일 분의 식량과 가구당 지급된 370루불의 이주금을 손에 쥔 채 화물 기차 칸에 실려 장장 40여 일 동안이나 멀고 먼 여행을 해야만 했다. 이 과정에서 고려인들은 극심한 식량난과 물 부족, 각종 질병을 겪게 되는데 이 과정에서 어린 아이들 대부분과 노인들이 죽어나가는 비극을 겪는다(남혜경 등, 2005, pp.13~19).

강제이주 후 중앙아시아에서의 고려인들의 삶이란 말 그대로 생존을 위한 고투였다. 척박한 풍토와 소련 당국의 각종 억압은 고려인들을 생존의 문제로만 내달리게 했다. '적국의 간첩'이라는 소련 당국의 매도는 고려인들로서는 감내하기 힘든 치욕인 동시에 그들로부터 언제 어떻게 처벌받을지 모른다는 공포를 불러일으켰다. 고려인들은 이러한 공포로부터 벗어나기 위해 체제에 철저히 순응함으로써 자신들의 애국심을 증명하고자 한다. 그러나 이러한 열망마저 적성민족이란 이유로 병역의 의무를 이행할 수 없게 됨으로써 증명할 기회조차 갖지 못한다. 이는 소련 공민으로서의 정당성에 대한 박탈감과 자괴감으로 이어진다. 또한 이주 당시 소련 공민증을 빼앗긴 고려인들은 중앙아시아에 정착하면서 새로운 신분증을 교부받게 되는데, 이 신분증에는 거주지역이 명시되어 있어 당국의 허락 없이는 거주 지역을 벗어날 수 없었다. "특별한 생산 수단을 소유하지 못한 고려인들에게 거주지 제한은 결국 한 장소에 묶여서 노동죄수로서의 생활을 영위하는 것에 다름 아니었다"(권희영과 반병률, 2001, p. 37). 이런 그들에게 열려진 탈출구라고는 오직 공부를 위해 도시로 나가는 길밖에 없었다. 그러나 그 길은 제한적이며 극소수의 선택된 자들에게만 열려 있었다. 이 같은 삶은 "성공이라는 강박관념에 시달리게 했으며 결국 꼴호즈(Koklhoz)[29]의 노동영웅이라는 이른바 '일벌레'의 형태로만 자신들의 존재를 부각시키는 기형적인 형태"(블라지미르 김, 김현택 옮김, 앞의 책, p. 40)를 낳고 만다.

소련 당국의 고려인에 대한 정치, 사회적 차별은 고려인들로 하여금 과거를 잊도록 강요받는다. 그들은 자신들이 당했던 끔찍한 억압과 탄압에 대해 침묵으로 일관했는데 심지어 자손에게까지 자신들이 겪었던 경험을 말하지 않을 정도였다. 과거를 기억하는 것만으로도 "새로운 탄압을 불러올 것 같은 공포와 불안 때문"(권희영과 반병률, 위의 책, p.29) 에 고려인들은 강제이주를 비롯한 과거의 정치적 탄압의 기억을 일부러 불러내지 않은 것이다. 그러나 고려인들은 스탈린이 사망하자 비로소 조금씩 과거를 기억하기 시작한다. 1956년 소련 공산당 20차 대회는 스탈린의 개인숭배를 폭로, 규탄하는 한편 스탈린 시기에 희생되었거나 탄압을 당했던 사람들을 복권시키거나 석방하는 일련의 조치를 취한다. 이를 계기로 고려인들은 그 동안 잊기를 강요당했던 고향에 대한 기억들을 불러들이기 시작한다.

앞에서도 언급했듯이 1937년 가을, 원동지역 즉 연해주에 거주

---

29) 꼴호즈(kolkhoz)는 러시아어로 'Kollektivnoe Khoziaistvo' 즉 '집단농장'을 뜻하며, 국가로부터 토지를 무상으로 빌려 집단적 노동에 의한 공동생산과 분배를 도모하는 조직이다. 꼴호즈 규모에 따라 차이가 있으나, 생산뿐만 아니라 행정, 교육, 문화시설을 갖춘 생활공동체이다. 국가의 직영농장인 솝호즈(Sovkhoz)과 함께 소련농업경제의 주축을 이루었다. (전경수 편(2002). 카자흐스탄의 고려인. p.83~84.)

하던 한인들은 중앙아시아 지역으로 강제이주를 당한다.

고려 사람들은 1937년 강제 이주 때에 무슨 죄고 또 어디로 가는지 알지도 못하고 화물차에 앉아 정처 없이 떠났다. 한 달 두 달 가는 동안에 얼마나 많은 노인들과 어린애들이 차에서 죽었는지 부지기수였다. 자식들은 돌아가신 부모들을 어느 곳인지 알지 못할 정거장 철도뚝에 파묻었고, 부모들은 죽은 자식들을 껴안고 통곡하며 그 어느 정거장인지 모를 철로변에 파묻었다.

이렇게 고려사람들은 짐승처럼 값없이 세상을 떠났다. 목숨이 붙어 당도한 사람들은 중앙 아시아 카자흐스딴 산간지방에 흩어졌는데, 모두들 무인절도 황무지에 실려가 잠땅, 모래불, 갈밭, 돌밭을 일구어 씨를 뿌리고 농사를 지어 겨우 생명을 이어 살았다.(중략)

그뿐인가, 강제이주 후에도 스탈린독재 강압정책은 계속되었으며, 수 없는 고려 사람들을 잡아다 무도하게 죽여버렸다.

그 억울한 강압정책에 대하여 기억나는 몇가지 일들이 있다.

타쉬켄트 주 어느 조합에 사는 중학교 교원 한 분이 표어를 썼는데, 오서를 하여 스탈린 대 원수라고 써야 될 것을 스탈린 대원쑤라 썼다 하여 붙잡혀가 10년 징역을 살았다.

이 얼마나 억울한 일인가? 말 한마디 잘못해도, 글 한자 잘못 써도 감옥살이 아니면 총살을 하는 판이었다(연성룡, 1993, pp.42~44.).

조선극장의 창시자인 극작가 연성용의 이같은 회고를 통해 알 수 있듯이, 연해주에서 나름대로의 정착기반을 가지고 최소한 민족 문화를 향유할 수 있었던 고려인들이 머나먼 미지의 땅 중앙아시아에서 맞닥뜨리게 된 것은 스탈린 정권의 무자비한 탄압이었다. 이러한 상황에서 고려인들의 문학은 얼어붙은 땅에서 겨우 가는 숨을 쉬며 명맥을 이어오기에 급급할 수 밖에 없었다.

원동에서 주권 소비에트하에서 달성한 모든 것을 죄다 잃어 버렸다. 고려사범대학, 사범전문학교들이 없어지고 소중학교들이 다 모국어로 교수하지 못하게 되고 로어로 교수하게 되었다. 그리하여 지금 60세 이하의 세대들은 모국어를 전혀 모르고 있다. 크스로르다시로 옮겨 온 고려사범대학에는 훌륭한 도서관이 있었는데 거기에는 혁명 전에 러시아 학자들이 조선에 가서 얻어 온 유일무이한 중세기 서적들까지 있었다. 그때 그 대학 총장으로 있던 유태인 룁낀이라는 자가 조선서적들을 다 없애 버리라고 명령을 내려 그 조선서적들을 자동차에 실어 다가 씨르다리야강에 던지기도 하고 혹은 불에 태워 버리기도 하였다. 참으로 눈물나는 슬픈 일이었다. (중략) 조선인 문화기관으로 남겨둔 것은 《레닌기치》신문과 〈조선극단〉뿐이었다. 스딸린 개인숭배 시기에는 《레닌기치》신문에 문예란이 없었고 또 시나 소설을 써서 발표하기를 겁나 하였던 것이다(김세일, 1989, pp.15~16.).

　1938년 당시의 상황을 자세히 그린 작가 김세일의 위의 글에서 알 수 있듯이 스탈린은 집권기간 동안 철저히 한인문화를 말살시켰다. 따라서 그 당시 한인문학의 발전을 기대한다는 것은 생각조차 할 수 없는 일이었다.

　이러한 역사적 사실을 전제로 이명재와 오창은(2004, p.10)은 「구소련권 고려인 문학의 현황과 특수성」이라는 글에서 재소 고려인 문학의 경우를 전체적으로 네 시기로 나누어 접근하였다. ① 재소 고려인 소비에트 건설기 문학(1925~1937), ② 중앙아시아 강제이주 및 암흑기(1937~1953), ③ 재소 고려인 문학 부흥기(1953~1991), ④ 재소 고려인 문학의 위기와 재정립기(1991~현재)가 그것이다.

　김필영(2007, pp.58~59)은 《레닌기치》에 발표된 작품의 경향과 당시 사회적 상황을 고려할 때 소비에트 중앙아시아 고려인 문학은 다음과 같이 그 시기 구분을 할 수 있다고 보았다. 제 1기는 소비에트 중앙아시아 고려인 문학의 형성기로 《레닌기치》 창간을 전후한 시기로부터 소련 공산당 총서기였던 스탈린이 사망한 1953년까지이다. 제 2기는 소비에트 중앙아시아 고려인 문학의 발전기로 《레닌기치》가 카자흐스탄 소비에트 사회주의 공화국 공산당 중앙위원회 기관지로 지위가 승격된 1954년부터 후르쇼프 브레즈네프의 집권 시기를 거친 1969년까지이다. 제 3기는 소비에트 중앙아시아 고려인 문학의 성숙기로 카자흐스탄 작가동맹 산하에 고려인작가 분과가 정식으로 설치된 1970년부터 안드로포브와 체르넨코가 집권하였던 1984년까지이다. 제 4기는 소비에트

중앙아시아 고려인 문학의 쇠퇴기로 고르바쵸프가 소련 공산당 총
서기가 되면서 페레스트로이카가 시작된 1985년부터 소련이 해체
된 1991년까지로 보고 있다.

현재 고려인 3~4세들 중 한글을 구사할 수 있는 고려인들은 급
격히 감소하였고, 한글을 구사한다 해도 한글로 문학창작활동을
한다는 것은 거의 불가능한 실정이라고 해도 과언이 아니다.[30] 이
렇게 볼 때 아쉽지만 고려인 문학은 현재 쇠퇴시기를 넘어 소멸기
에 접어들었다고 보아도 과언이 아니다. 1980년대 후반을 넘어서
면서 한국어로 쓰인 문학 작품의 수는 격감[31]하였기 때문이다.

1930년 소비에트 문학의 기본적 주제는 건설이라 할 수 있다.
작품 속 주인공들은 전국에 산재해 있고, 모든 어려움과 투쟁을 하
면서 사회의 건설 사업에 몸을 바친다. 그들은 개척자이자 행동인
이다. 그러나 현실과 이상의 모순에 대해 고민하지 않는다. 작품
속 주인공들은 진리의 탐구자들이 아닌 진실을 행동하는 자이다.
그러기에 작가는 그들의 순수한 행동만을 묘사할 뿐 그들의 내면
생활에 대해서는 묘사하지 않는다. 대부분 작품 속의 주인공들은
사회주의 건설에 몰두한 나머지 일 이외에는, 즉 자기 직업 이외에

---

30) 2009년 현재 우즈베키스탄 타쉬켄트에서 한달에 2번 발행되고 있는 《고려신문》의 경
   우 99%가 러시아어로 씌여져 있다. 나머지 1%는 당시 본인이 근무하던 니자미사범
   대학교 한국어문학과 학생들과 번역을 한 것으로 주 내용은 한국어를 전공하는 학생
   들의 생활이나 고려인들의 생활, 간단한 뉴스들이다. 고려신문에 시가 간혹 발표되고
   있긴 하지만 이도 역시 러시아어로 씌여져 있다.
31) 참고로 1980년대에는 《레닌기치》에 100편에 가까운 한국어 작품들이 발표되었으나
   1990년대에는 15편 남짓만 발표되었을 뿐이다.

는 아무 일에도 흥미가 없고 아무것도 생각하지 않는다. 그들이 꿈꾸는 것도 건설과 일뿐이다. 가정이나 연애도 그들의 생활 속에서는 큰 의미를 부여하지 않는다. 그렇기 때문에 등장인물들은 개성이 없고 상호 분간하기 어려운 특성을 지닌다. 이것은 무엇보다도 먼저 작품에 대한 당국의 심사도 까다로웠고, 고향이나 조국에 대한 표현, 당국의 정책에 대한 불만을 토로할 수 없는 시대였음을 반영하는 것이다.

1953년 스탈린 사망 후 몇 차례에 걸친 권력의 부침 속에 새로이 집권한 흐루시초프는 스탈린 격하 운동을 펼치면서도 극도로 억압받았던 인민대중의 기본적 욕구를 어느 정도 충족시켜 나갔다. 동서의 냉전도 흐루시초프의 해빙기 정책에 힘입어 평화공존의 새 장으로 전환되는 등 스탈린 철권통치 시절의 암울했던 그늘이 걷혀짐에 따라 고려인 문학도 점차 활발한 활동을 하게 된다.

1958년 《레닌기치》에 '문예페지' 란이 신설[32]되고, 1960년대에는 카작스탄 소비에트 사회주의 공화국 공산당 중앙위원회 기관지가 소련 '공화국간 공동신문' 으로 거듭난다. 이후 이 신문은 카자흐스탄뿐만 아니라 소련 내 전체 고려인들을 대변하게 된다. 1970년대 들어서는 소련작가동맹 조선인지부가 조직되었다.[33] 조선인작

---

32) 1939년 5월 18일자 《레닌기치》에 실린 "우리 신문들에 대한 독자들의 의견"을 보면 "독자들의 취미를 무한히 끗는 문예재료들을 달마다 계획적으로 실기를 요구하며 일반적으로 문예에 대한 평론에 신문이 거이나 주목이 없는 것을 매우 유감으로 생각하며 이에 전환을 요망한다"는 내용이 실려 있다. 이에 레닌기치 1939년 5월 24일자에는 '문예페지' 란이 신설되었다.

가 쎅치야[34]가 조직됨에 따라 카자흐스탄 작가동맹의 사수식출판사를 통해 중앙아시아 고려인 작가들의 작품집을 출간할 수 있는 가능성이 마련되었다. 《레닌기치》의 '문예란'과 '문예페지'에는 주로 '카자흐스탄 작가동맹 조선 쎅치야' 소속 작가들의 작품들이 게재되었다. 이후 《레닌기치》의 '문예페지'는 고려인 문인들의 등용문 역할을 함으로써 중앙아시아 고려인문학사에서 빼놓을 수 없는 독점적 위치로 자리 잡는다. 또한 1965년 5월 6일자 지면에는 〈문예작품 현상모집〉이라는 광고가 게재될 정도로 문학에 대한 관심과 수용 폭이 넓었다. 그러나 스탈린 시절, 오랜 기간 한글문예 작품 활동에 제약을 받아왔고 체계적인 수련의 과정도 밟을 수 없었던 터라 작품의 수준은 독자들의 기대에 미치지 못하였던 것 같다. 1972년 7월 13일자 《레닌기치》에는 "문학작품의 사상 예술적 수준을 높이자"라는 제목의 글이 실려 있다. 이 글은 《레닌기치》에 투고한 문학 작품의 수준에 대해 언급하며 말을 잘 다듬어야 함을 강조하고 있다.

  최근에 《레닌기치》 신문에 투고하는 작가들의 수가 많이 늘

---

33) 《레닌기치》 1970년 4월 4일자 기사에 의하면 1970년 2월에 카작스탄작가동맹에 조선인 작가 분과가 정식으로 결정되었음을 알 수 있다. 기사의 전문은 아래와 같다.
   금년 2월에 카자흐스딴작가동맹 산하 조선인 작가 쎅치야가 정식으로 조직되였다. 따라 쎅치야 뷰로가 5명으로 조직되였는데, 그 구성원은 다음과 같다. 김준(쎅치야 꼰쑬딴뜨 겸 뷰로 위원장), 전동혁(뷰로 위원), 김광현(뷰로 위원), 김기철(뷰로 위원), 김세일(뷰로 위원). 조선인 작가 쎅치야의 소재지는 크슬오르다시이고 쎅치야 뷰로의 사무실은 레닌기치 신문사 청사 내에 있다. 약 5~6월에 쏘련 조선인 문인들의 첫 모임이 있게 될 것인데, 이 모임에는 기성 작가들, 신진 문인들, 그중 레닌기치 신문에 자기 작품들을 발표한 사람들로 초대될 것이다.
34) 쎅치야(syektsiya)는 '분과'라는 뜻의 러시아어임.

어났다. 자기 작품으로써 독자들을 기쁘게 하는 산문작가, 시인 및 극작가들도 적지않다. 그러나 우리 독자들의 자라나는 수요를 충족시키기에까지는 아직도 멀었다. 때로는 많은 독자들의 기대에 부합되지 못하는 내용이 빈약하고 예술수준이 낮은 작품들도 신문지상에 실리게 된다. 물론 여기에는 객관적 또는 주관적 원인들이 있었던 것이다.

끝으로 응당 강조해야 할 문제는 곧 작가 자신부터 우선 자기의 문학 창작사업이 얼마나 어려운 일이란 것을 깊이 인식하지 못하고 창작사업에 소홀히 대하는 동무들이 없지 않다.

작가에게 있어서 언어는 첫째가는 소재이다. 그런즉 언어를 잘 소유하지 못하고 또는 언어를 다듬지 않고서는 훌륭한 문학 작품을 독자들에게 제공할 수 없는 것이다. 작가에게 있어서 모든 수법은 우선 문학 소재로서의 언어로부터 시작된다는 것을 깊이 인식하고 언어소유 부면에서 그 어떠한 의뢰심을 누구나 다 버려야 할 것이다. 작가는 오직 자기의 실로 "영웅적" 로동으로써만이 자라날 수 있는 것이다. 좋은 작품의 창작을 위하여 모도 힘쓰자!

또한 《레닌기치》에는 시와 소설 창작법에 관한 글들이 게재되기도 하였다. 그 중 김세일은 《레닌기치》 창작 연단에 "조선시가에서의 작시법의 몇 가지 문제에 대한 고찰"이라는 글에서 정형시와 자유시 그리고 조선시가에서의 역점 관계에 대해 언급하고 있다. 김세일은 작시법이 필요한 이유를 다음과 같이 설명하고 있다.

지금 우리 조선 문인들 주에서 시를 쓰는 사람들이 적지 않다. 나도 그 중 한 사람이다. 그런데 우리들 사이에는 작시법 요소들을 다소간이라도 소유해 가지고 시를 쓰는 사람들이 아주 적다. 그런데 이 문제에 있어서 애로로 되는 것은 조선 시가에서 활용되는 작시법이 아직 완전히 규정되지 않은 것이다. 그리고 우리에게는 오랜 기간에 걸쳐 조선 시인들과 다른 민족 시인들의 창작에서 얻어진 경험들을 일반화하여 현대 조선작시법의 일정한 체계를 이루어 놓은 문헌들도 없다. 만일 있다면 조선 시가에서의 작시법의 요소들에 관한 몇 가지 고찰을 서술한 약간의 논문들뿐이다.

어떤 사람들은 "현대 조선 시가는 자유시뿐인 것만큼 무슨 일정한 작시법이 있을 수 있겠는가"고 말하기까지 한다. 그러나 이런 견해는 옳지 않다. "정형시"는 물론 "자유시"도 그에 대한 일정한 작시법이 있어야 하며 그의 요소들을 탐구하고 정식화하여야 한다고 나는 생각한다. 이것은 매우 어려운 일이지만 반드시 우리가 앞으로 해야 할 일이다. 내가 지금 서술하는 이 론문은 조선 시가에서의 작시법의 몇 가지 요소들에 관한 약간한 고찰에 불과하다(김세일, 《레닌기치》, 1971, 2, 10, 11, 12, 문예페지).

작시법에 대한 김세일의 뼈아픈 반성과 고충의 토로에도 불구하고 이 시기에 발표된 작품의 수준은 세련성의 문제로 볼 때는 낙후성을 면하지 못하고 있다. 과도한 감정을 추스르지 못하고, 시행의 기교가 시적 구조와 불일치함으로써 산만성이 시의 질을 저하시키고 있을 뿐만 아니라 내용에서도 설교조의 교훈성 때문에 관념적인 표현이 많은 편이다.

이 시기에 중앙아시아 고려인 작가의 작품이 실린 최초의 작품집인 『조선시집』이 발간되었다. 이 작품집은 1958년 크즐오르다 알마따아에 있는 카자흐 국영문예출판사에서 간행된 것이다. 이 시집은 3부로 구성되어 있다. 제1부 "고대 조선 문인 시편"에서는 고전 시조, 고대 여류 시가 선집, 박연암 시 7편, 정다산 시 2편, 김삿갓 시 선집, 구전 동요가 실려 있다. 2부에는 "현대 조선 문인 시편"으로 김소월 시 11편, 리상화 시 3편, 조명희 시 7편, 김창술 시 2편, 류완희 시 4편, 조운 시 6편, 박팔양 시 5편, 박세영 시 3편, 조기천 시 6편, 그 외 시편을 소개하고 있다. 제3부 "쏘련 조선인 작가 시편"에서는 계봉우 시 2편, 한 아나똘리 시 2편, 김준 시 3편, 연성용 시 3편, 태장춘 시 4편, 주송원 시 3편, 조정봉 시 2편, 림하 시 3편, 강태수 시 3편 등 여러 작가의 시를 싣고 있다.

1982년 브레즈네프의 사후, 안드로포프와 체르넨코 체제를 거치면서 점진적인 변화를 모색하던 소비에트 당국은 1985년 고르바초프를 새 서기장으로 맞음으로써 일대 변혁의 혁신기를 맞는다. 서기장에 취임한 고르바초프는 당과 국가 관료를 철저히 조사하여 공산당의 지방당 제 1서기 가운데 40%이상을 교체하고 2차대전 종료 이래 기득권을 유지해 온 소비에트군부의 최고위층에 대한 급속한 개편을 단행하는 한편, 1986년 제 27차 공산당 대회에서 중앙통제경제의 전면개혁을 요구하는 '페레스트로이카' (경제와 제도 개혁), '글라스노스트' (소련사회개방화)의 필요성을 역

설하였다. 이것은 동유럽의 변모를 유도하고 소련의 종말을 가져
오는 혁명과 다름없는 것이었다.

1988년 헌법 개정으로 최고회의를 해산하고 공산당 이외의 대
표가 일부 참석하는 새로운 입법기관으로 '인민대의원대회'를 신
설하여 당과 국가의 분리노선을 추구하는 한편, 1989년 2월에는 소
련군의 소득 없던 아프간 전쟁이 종료되었다. 일부 개인 기업이 합
법화되고 반체제 인사를 석방하는 자유화 정책에 따라 동유럽 거의
모든 소련 위성국가들이 집권 공산당과의 관계를 끊게 되었고 소련
군은 그들의 영토에서 철수하였다. 파탄 직전의 경제에도 불구하고
고르바초프는 정치와 선거개혁을 최우선의 과제로 삼았고 국민들
은 처음으로 민주정부의 자유를 맞이하게 되었다. '글라스노스트'
와 정책 결정의 지방분권화 노력은 소련 내 소수민족 문제를 부각
시키게 되었는데 1940년 스탈린에 의해 강제 합병된 3국의 독립을
필두로 탈 소련을 지향하는 독립운동이 표면화 되고 잇따른 공화국
들의 분리 요구로 마침내 1991년 거대한 제국이었던 소비에트 연방
은 붕괴되기에 이른다.

이러한 정치적 상황은 중앙아시아 고려인의 문예활동, 특히 문
학 부문에 지대한 영향을 끼쳐 정체성을 회복하고 강화하려는 민
족주의 물결이 일어나게 된다. 이데올로기가 지배하던 공산치하에
서 문학적 범주를 제약당할 수밖에 없었던 고려인들의 억압된 욕
구는 봇물처럼 터져, 1980년대에서 1990년대 초반에 이르기 전까
지 많은 작품집들을 출간하는 양상을 띠게 되었고 그 소재 역시 다
양해진다.

이 시기에는 모두 6권의 작품집이 출판되었다. 1970년대에 3권, 1980년대 전반기에 3권이 발행되었다. 『시월의 해빛』은 1971년 알마따아 '작가' 출판사에서 발간한 360쪽 분량의 작품선집으로 시월혁명 50주년을 기념하기 위해 만든 것이다. 이 책은 소비에트 중앙아시아 고려인 시인, 작가, 평론가 25명의 작품으로 이루어져 있다. 『씨르다리야의 곡조』는 알마아따 사수싀출판사에서 1975년 출판한 소비에트 중앙아시아 고려인 작가들의 공동 작품집이다. 씨르다리야는 중앙아시아로 이주된 고려인들의 민족문화 중심지 역할을 한 크즐오르다를 거쳐 흐르는 강의 이름이다. 236쪽 분량의 이 작품집에는 단편소설, 시, 희곡, 오체르크, 이야기를 포함한 여러 갈래의 문학작품들이 실려 있다.

1977년에는 김준의 개인 시집인 『그대와 말하노라』가 발간되었다. 총 168쪽으로 구성된 이 책은 소비에트 중앙아시아에서 발간된 최초의 고려인 작가의 개인시집이다. 총 218편의 작품이 실려 있다.

1980년대 초기에 발간된 작품집으로는 『해바라기』(1982), 『행복의 노래』(1983)가 있다. 『해바라기』는 1982년 알마아따에 있는 카작스탄작가동맹의 자주싀출판사에서 간행된 소비에트 고려인 작가 공동작품집이다. 208쪽 분량의 이 작품집에는 21명의 소비에트 고려인 작가들의 시, 소설, 수필이 수록되어 있다. 『행복의 노래』 역시 알마아따의 사수싀출판사에서 1983년에 출판한 연성용의 개인 작품집이다. 329쪽으로 구성된 이 작품집에는 75편의 시와 두 편의 소설, 그리고 세 편의 희곡이 수록되어 있다. 오랫동안 강제와 억압시대에

살고 있던 작가들은 급변하는 시대상황에 대해 불안해하고 두려워한
다. 그러나 이러한 이데올로기를 벗어나고자 부단한 노력을 한다. 이
러한 경향은 리진의 「시에 대한 이론」에서 잘 드러나고 있다.

> 문학작품 중에서는 다양한 생활현상으로부터 사람의 복잡
> 하고 미묘한 내면세계에 이르기까지 모든 것이 말로 표현된다.
> 시도 취급 범위가 대단히 넓은 문학의 한 종류로서 다른 '기능
> 문체' 들의 경우에 비하여 말은 훨씬 더 자유롭게, 신축성 있게
> 쓰며 묘사도 할 수 있고, 서정토로의 형식도 취할 수 있고, 대
> 화나 독백의 형식으로 창작될 수도 있다(리진, 《레닌기치》, 1988,
> 7, 23, 시에 대한 몇가지 고찰).

시를 기능문체의 입장으로 바라보며, 서정토로의 형식과 언어
구사의 역할과 취급범위를 논술한 리진의 관점은 사회주의 리얼리
즘의 예술론과는 거리를 두고 있음을 입증한다. 리진의 작시론에
서 보이는 것처럼 시의 기능문체로서 리듬의 정형성을 중요시한
고려인 시의 일반적인 경향은 정형성에 치중해 있음을 알 수 있다.
1985년 고르바초프가 소비에트의 최고지도자의 위치인 소련공
산당 제1서기의 자리에 오르자, 소비에트를 비롯한 공산세계는 물
론, 서방세계에까지 페레스트로이카 영향을 받았다. 고르바초프의
바람을 일반적으로 페레스트로이카로 부르고 있으나 거기에는 글
라스노스트와 우스코레이에(가속화)의 정신이 포함되어 있다. 페
레스트로이카는 스탈린주의가 제도화되면서 왜곡된 체제의 개편

과 사고방식의 근본적인 전환을 가져오는 개혁의 정신을 바탕으로
하고 있다. 따라서 이러한 정신은 소비에트의 공산당체제를 비롯
한 정치, 경제, 사회, 문화 등 전 분야에 걸친 혁신을 의미하며, 대
외관계의 정책도 같은 범주에서 시행되었다.

고르바초프의 이러한 정책은 소비에트사회의 분위기를 혁신과
개방의 방향으로 전환시켰으며, 작가들의 창작활동에도 그 영향이
미치지 않을 수 없었다.

따라서 이 시대의 문학은 이전 시대보다는 비교적 자유스러운
상황에서 과거의 작품과 작가를 재조명하거나 당대 사회 및 체제
의 모순에 대하여 비판, 고발하는 방향으로 전개되었음을 확인 할
수 있다.

1991년 12월 25일 공식적으로 소비에트 사회주의 공화국 연방
(USSR)은 해체된다. 1991년 12월 14일 카자흐스탄이 국가 독립을
선포하였고, 우즈베키스탄, 키르키즈스탄, 타지키스탄, 투르크메
니스탄도 국가 독립을 선언하였다. 이 시기 고려인 문학이 겪게 되
는 가장 심각한 문제는 한글로 문학 창작을 할 수 있는 소비에트
중앙아시아 고려인 작가들이 노령화로 인하여 활동을 중단하게 되
었다는 사실이다. 또한 한글 해독세대가 점차 사라지고 또 다른 문
화적 배경을 지닌 젊은 세대가 성장함에 따라 대두된 노어문학이
한글 문학을 자연스럽게 대체하며 성장하기 시작한다. 실질적으로
이 시기 소비에트 중앙아시아 고려인들에 의해서 창작되는 작품의
수는 현저하게 줄어든다.

1990년 12월 31일자로 《레닌기치》는 폐간이 된다. 그 이후 새

로운 소련 중앙정부로부터 정기 간행물 발간 허가를 얻어 1991년 1월 1일자로 "재쏘고려인전국신문"이란 이름 아래 두 개의 신문을 발간하였다. 하나는 한글 일간신문 《고려일보》와 러시아어로 발간되는 주간 《고려》이다. 《레닌기치》 폐간 후 《고려일보》 '문예페지' 란에는 1996년 11월 23일까지 강태수, 양원식, 리진, 박현, 맹동욱의 시들을 실려 있다. 이 신문은 현재도 발간되고 있으나 지면의 95%가 러시아어로 되어 있다. 2005년~2007년까지는 타쉬켄트 니자미사범대학교 한국어문학과 학생들이 전담하여 두 면 정도의 기사를 한국어로 번역하여 싣기도 하였다. 그러나 그것마저 인물 기사 동정란으로 문학과는 거리가 있는 기사들이 대부분이었다.

그동안 발표된 고려인 시 문학의 개관을 도표로 정리하면 다음과 같다.

작가	1930년	1940년	1950년	1960년	1970년	1980년	1990년	작품총수
강태수			7	46	37	34	10	134
김광현		5	9	20	21	5		60
김두칠				7	14			21
김남국		3	4	32	6			45
김세일				32	3			35
김인봉			2	7	25			34
김종세			7	29	27		2	65
김 준			2	14	7			23
김철수			7	6	2			15
남 철					3	48	1	52

작가	1930년	1940년	1950년	1960년	1970년	1980년	1990년	작품총수
남해연						1	13	14
동 철		2	6	1				9
로 사					17			17
리동언					13	15		28
리세호					6	10		16
리은영		9	5	37	9			60
리 진				29	24	26	7	86
맹동욱			2	4	26	9	6	47
무 산					5	38	5	48
명 철						11		11
박영걸			4	2	7	2		15
박 현				10	75	29	13	127
연성룡		5	5	7	25	25	5	72
우제국			2	25	21	22	2	72
우블라지미르	1	3		10				14
유성철	2	1				8		11
원 일					5	16	3	24
전동혁		1		2	5	1		9
전향문				3	21			24
정 민				2	8	3	1	24
장만금			4	25	6			35
조정봉		3	5	12	36	6		62
주영윤					69	48	5	122
차원철			7	30				37

작가	1930년	1940년	1950년	1960년	1970년	1980년	1990년	작품총수
태창춘		3	1	2				6
허성록				3	28	8		39

〈표-1〉《레닌기치》와 《고려일보》에 실린 연도별 주요 작가의 작품 및 수

작품 이름	작품 설명
종합시집 『조선시집』 (1958년 발간)	고대 조선 문인시편(고대 여류 시가 선집 포함), 구전동요, 현대 조선 문인 시편, 쏘련 조선인 작가 시편으로 구성
공동작품집 『시월의 해빛』 (1972년 발간)	1981년 당시까지 활동한 소련 고려인 시인, 작가, 평론가 등 25명의 작품이 실려 있음
공동작품집 『씨르다리야의 곡조』(1975년 발간)	1975년 판으로서 김광현 외 여러 시인, 작가들의 작품들이 한꺼번에 실려 있음
시집 『그대와 말하노라』(1977년 발간)	김준의 개인시집
공동작품집 『해바라기』 (1982년 발간)	중앙아시아권 현역 고려인 문인들의 시, 소설, 수필 등을 수록
연성룡 『행복의 노래』(1983년 발간)	1983년 발행의 시, 단편소설, 희곡 모음집
작품집 『숨』 (1985년 발간)	김준의 시집으로서 일부 유고시와 함께 이념적인 행사시가 많이 포함
작품집 『싹』(1986년 발간)	김광현의 시, 단편소설, 서사시가 실려 있음
종합시집 『꽃 피는 땅』 (1988년 발간)	당시 소련권에서 시 창작 활동을 하는 시인 20명의 작품들을 모은 아담한 시집임
작품집 『싹』(1986년 발간)	소련 망명 시인 리진의 첫 시집으로 방대한 분량임

〈표-2〉 주요 한글 시 작품집(단행본)

위의 〈표-1〉과 〈표-2〉를 참조할 때 1960~1980년대 초반까지는 왕성한 작품 활동이 이루어졌음을 알 수 있다. 특히 1980년대에는 다양한 시인들이 활동하였으며 시작 활동 역시 풍성하였음을 알 수 있다. 〈표-3〉을 참고하여 당시의 시대적 상황을 살펴보면 다음과 같다.

지도자	시대	작품 설명
레닌	1917~1924	민족자결, 민족간 평등 협력 정책, 토착화 정책
스탈린	1925~1953	민족동화정책, 러시아화, 일부 소수민족 강제이주 정책
흐루시초프	1958~1982	소비에트화, 소수민족통제완화, 11개 소수민족의 공민권 회복
브레지네프	1964~1982	소수민족들의 언어동화 가속화
고르바초프	1985~1991	일부 소수민족의 자치 인정, 독립 허용, 스탈린 시대의 강제 이주된 민족들의 명예와 권리 회복에 대한 법안 발표

〈표-3〉 소비에트의 민족정책

이외에 고려인 문학의 다른 특징으로는 여러 장르에 걸친 글쓰기를 들 수 있다. 고려인 문인들의 경우, 대부분 시와 소설 또는 동요, 노래 그리고 희곡이나 수필에 이르기까지 여러 장르에 걸쳐서 작품 활동을 하였다. 예를 들면 태창춘의 경우 1940년대 잠깐 시작 활동을 하였으나 이후 희곡작가로도 활동하였다. 또한 연성룡은 시작 활동 외에도 작곡가로 활동하였으며 리은영의 경우 시와 산문, 단편소설, 노래, 가요 등 다양한 분야에서 활발히 활동하였다. 김준은 시보다는 소설창작을 활발하였으며 주영윤은 활발한 시작활동과 더불어 동시 창작도 꾸준히 하였음을 알 수 있다. 김세일은 시뿐만 아니라 작품 『홍범도』[35]를 창작한 소설가로 알려져 있다.

---

35) 『홍범도』는 레닌기치 지면에 1968년부터 1969년까지 연재되었던 소설로서 소비에트 중앙아시아 고려인 문단의 최초의 장편소설이다. 이 작품은 1989년(신학문사, 전 3 권)과 1990년(제3문학사, 전5권)에 국내에 소개되었다.

Ⅲ. 고려인 시문학의 탈식민주의적 의식 양상

고려인 시문학을 탈식민주의의 관점에서 살펴볼 수 있는 일차적 근거는 고려인 역시 한민족으로서 일제 식민시대를 경험하거나 혹은 지배질서에 의해 강제로 이주를 당했다는 데에 있다. 이때 고려인의 모든 시들이 의식적으로 탈식민주의를 표방하고 있는 것은 아니지만 그들의 시를 탈식민주의의 시각으로 볼 수 있다는 인식이 형성된다. 탈식민주의는 식민지국가가 제국주의에 의한 정치적 지배 체제에서 벗어났다 하더라도 문화적, 경제적, 제국주의의 속박과 잔재가 남아 있는 상황을 직시하고 제국주의의 억압적 구조로부터의 해방을 지향하는 운동이라고 할 때 소비에트 시대 스탈린에 의한 중앙아시아로의 강제이주 후 고려인들이 한글로 쓴 시문학이 어떤 과정을 거쳐 내재화되거나 변화되어 가는지를 살펴보는 작업은 탈식민주의 논의의 범주에 속한다 할 수 있다. 고려인들은 민족적 동질성을 공유한 한민족이지만 실제로는 타 국적을 갖고 있다는 경계의 이중성에 의해, 시에 나타나는 민족주의적 성격은 표면적으로만 고찰되어서는 안된다. 그들의 시에는 지배질서의 국적을 갖고 살아야 하는 혹은 갖고자 하는 이중적 경계의 틈새에서 생존하기 위한 또 다른 의식과 방식이 내재되어 있기 때문이다.

이를 염두하여 고려인 시문학을 탈식민주의적 관점에서 살펴보면 크게 세 가지로 나눌 수 있다. 첫째, 동일화를 통한 정체성 확립, 둘째, 지배질서에 대한 부정, 셋째, 탈주적 귀향의식과 새로운 공간 탐색이 그것이다. 이와 같은 세 가지 유형을 고려인 시문학 전체의 양상을 바탕으로 좀 더 세분해보면 다음과 같다. 동일화를 통한 정체성 확립의 양상 및 분석은 ① 지배질서 이데올로기의 찬양, ② 현재적 삶의 긍정적 인식, ③ 대체기억 영웅에 대한 형상화의 양상으로 나눌 수 있다. 지배질서에 대한 부정의 양상 및 분석은 ① 강제이주에 관련된 기억 복원, ② 결핍의 공간 인식, ③ 강요된 이미지 거부—모국어에 대한 재인식으로 나눌 수 있다. 탈주적 귀향의식과 새로운 공간 탐색의 양상 및 분석은 ① 어머니에 대한 그리움, ② 고향에 대한 형상화, ③ 출구로서의 공간 지향의 양상으로 나눌 수 있다.

본 장에서는 이와 같은 탈식민주의적 의식 양상에 대해 살펴보도록 하겠다.

1. 동일화(同一化)를 통한 정체성 확립

식민지 지배를 받는 것과 관련해 좀 더 문제가 되는 것은 의식의 식민성이다. 아프리카의 탈식민주의 문학가인 응구기 역시 탈식민주의의 핵심은 '정신의 탈식민화'라고 강조한 바 있다. 이는 물리적인 폭력에 의해 식민지 지배를 당하는 것보다 심리적, 정신적으로 식민지 지배당하는 것이 훨씬 더 뿌리 깊게 의식에 작용하기 때문이다.

이처럼 의식의 식민화의 근본적인 문제는 피식민지인이 서구의 문화를 동경하고 그 문화의 중심에 있는 서구인과 자신을 동일시하고자 하는 데 있다. 이는 라캉의 '거울단계(mirror stage)'에서 보여주는 주체 형성과정과 유사하다. "거울단계에서 아이는 자신의 몸을 가눌 수는 없지만 거울에 비친 자신의 이미지를 총체적이고도 완전한 것으로 가정한다"(권택영, 1995, pp.15~16). 인간의 최초의 주체 형성은 아기가 거울 속의 자기 영상을 통해 자기 동일성을 확인하는 단계에서 비롯되는데, 이 단계는 외부와 '이자적(二者的) 관계'를 맺는 방식으로 동일화의 과정을 경험하게 된다. 아기와 자기 영상과의 관계, 아기와 자기 또래와의 관계, 그리고 아기와 어머니와의 관계가 그것으로 이 단계의 중요한 특성은 자기 자신을 타자에게 밀착시키거나, 자기 자신에 대한 나르시스적인 무의식적 경향을 갖게 된다는 점이다. 이때에는 거울이나 타자에 비친 자신의 이미지에 빠져들어 그 이미지를 자기 자신과 구별하지 못한다.

라캉에 의해 제기된 이 과정은 제국의 중심으로 흡수되고자 하는 피식민지인들이 자신의 정체성을 재형성시키는 모습과 흡사하다. 그들은 서구 문화와 문명이 보편적이며 우월하다는 논리를 받아들인다. 혹은 그 문화와 문명의 스펙터클에 매혹되어 그것을 물신화한다. 또한 그것들과 스스로를 동일시하거나 그것들에 종속된다. 여기에서 의식의 식민화 양상이 발생한다. 탈식민주의 세계에서 문학적 혁명은 처음부터 '외부로부터 정해진 자신의 사회적 정체성'을 극복하고 벗어나고자 하는 것이 본질적 요소이다.

탈식민주의에서 양가성 개념은 원래 제3세계 출신의 지식인이 아무리 '제국의 언어'를 사용한다 해도 서구 지식인과 동질적일 수 없다는 문제의식에서 출발했다. 호미 바바는 탈식민주의 이론의 전략으로 이 양가성 개념을 적극 끌어들인다. 호미 바바는 양가성 개념을 특히 라캉의 모방(mimicry)[36]의 개념을 빌어와 "흉내내기"로 설명한다. 예를 들면 피식민 작가가 식민 지배층을 추종하는 글을 썼다하더라도 그것은 불가피하게 피식민 지배층의 입장을 드러낼 수밖에 없는 모순을 드러낸다는 것이다.

본 절에서는 이와 같은 관점을 기초로 해 고려인 시문학 속 화

---

36) 라캉은 모방현상을 적응으로 설명하려는 논의에 대해 모방은 결코 적응이 아니라 위장이라고 반론한다. 그는 코제 카이와의 『메두사와 손님들』이라는 책을 예로 들어 모방과 적응에 관계를 말하고 있다. "예를 들면 곤충에게 모방의 결정적인 변화는 그 효과를 높이기 위해 오직 한번, 초기에만 일어난다. 또한 새들, 특히 육식동물의 위 속을 살펴보면 곤충들이 모방을 함으로써 어떤 도태적인 효과를 얻게 되리라는 가정은 곧 사라지게 된다. 모방을 함으로써 육식동물로부터 위협을 피할 수 있으리라고 기대되었던 곤충들이 모방을 하지 않은 곤충들만큼이나 육식동물의 위 속에서 발견되었으니 말이다." 권택영 엮(1995). 욕망이론. pp.195~196.

자가 보이는 새로운 정체성 확립의 양상을 살펴보고자 한다. 고려인 시에서 찾아볼 수 있는 정체성 확립의 방법은 첫째, 지배적 질서와의 동일화이다. 이는 심리적 공포와 소통 부재의 공간에서 소비에트를 새로운 고향이나 조국으로 만들기 위해 지배적 질서체계를 유토피아로 상정하고 찬양하는 양상으로 드러난다. 또한 레닌과 스탈린, 10월 혁명, 사회주의에 대한 찬양 등으로 나타나고 있다. 둘째, 억압을 받는 현실임에도 불구하고 현재적 삶의 긍정적으로 인식하는 것이다. 셋째, 대체 기억을 통한 동일화이다. 이들이 택한 대체기억은 투쟁의 영웅, 노력영웅, 혹은 빨치산 영웅들을 호출하는 것으로 나타난다. 주체의 방어기제인 동일화는 무의식적 작용이라 할 수 있다. 이는 소비에트라는 지배질서 하에서 고려인들이 겪어야 하는 내·외적 억압을 감당하는 심리 기제가 치환되었음을 알 수 있다.

1) 지배질서 이데올로기의 찬양

동일화[37]는 상대의 위협에서 주체를 보호하기 위한 방어기제 가운데 하나이다. 주체는 선망하는 대상을 닮고 싶어 하며 이를 통해 외부의 세력으로부터 자신을 지키고자 한다. 주체는 외부의 억압 정도에 비례하여 동일화를 작동시키며 이를 통해 단단한 방어막을 형성한다. 프로이트는 동일시와 모방을 구별하는데 모방은 지각적이고 동력적인 과정으로서의 의식적 행위임에 반해 동일시는 무의식적 과정으로서 "퇴행의 작용에 의해, 대상이 자아 안으로 투입되면서 이루어지고, 한 인물과 한 공동체에 새롭게 스며드는 것"(강응섭, 1999, p.45)이라고 말한다.

식민지 상황은 피식민지인에게는 제한된 사고와 활동만 허락되기 때문에 주체 형성에 부정적 요인으로 작용한다. 즉 동일화의 과정에서 구별되고 차별된 역할을 맞게 되면서 타자의 자리에 귀속되는 것이다. 호미 바바(2002, p.98)는 "식민지적 상황에서는 인간성의 본질 자체가 소외 된다"고 주장한다. 식민화된 세계에서 소외된 기억을 가진 주체는 식민사회로부터 벗어나더라도 그 외상(外傷)으로부터 자유롭지 못하다는 것이다. 그에 따르면 피식민 주체는 식민지적 주체에 의해 정렬된다. 이는 다른 말로 우월과 열등, 중심과 주변, 주인과 하인의 규칙 안에서 피식민 주체는 종속된 상태로 감금되는 것과 같은 의미라 할 수 있다. 미셸 페쉐(다이안 맥도넬, 임상훈 옮김, 1992, p.32)는 제국주의에 의해 훼손된 주체의 구성에 대해 이데올로기적 실천을 통해 발현되는 주체의 재정립 과정은 각각 다른 형태로 나타난다고 보고 다음과 같은 세 가지 방식을 제시한다. 첫째로는 동일화(Identification)를 통해서

---

37) 동일화는 자아와 초자아의 형성에 가장 큰 역할을 하며 성격발달에 가장 중요한 방어기제이다. 일반적으로 부모를 통해 성격이 이루어지지만, 그렇지 않은 경우도 발견된다. 적을 모방함으로써, 금지된 대상과의 동일화를 이루는가 하면, 공격자와의 동일화를 통해 불안을 방어하는 경우도 있다. 특히 후자의 경우, 두려운 대상의 특징을 닮아 자기 것으로 해서 그 대상에 대한 두려움을 극복한다는 특징을 지닌다. 또한 어떠한 이상적 대상에 기생하여 그것이 갖고 있는 힘을 누려보려는 병적 동일화도 있다. 이것은 힘이 있다고 생각되는 것을 따라다니며 안정을 얻으려 하기 때문에 일시적이면서 과장되어 있다. 이런 기회주의적 입장을 취하는 경우는 진정한 의미의 주체성이 없다고 할 수 있다. 이무석(2003). 정신분석에로의 초대. pp.167~168.

나타나는 '선(善)'한 주체이다. 이때의 선한 주체는 자신을 규정하는 담론구성체에 '자유롭게 동의'한다. 둘째로는 '반동일화 (Counter-Identification)'를 통해서 나타나는 '악(惡)'한 주체이다. 악한 주체는 강제된 이미지를 거부하고 그것을 원인 제공자에게 되돌려준다. 셋째, 비동일화는 이데올로기 종속의 지배적 실천에 편승하는 동시에 저항하는 작업의 결과로 볼 수 있다.

선한 주체는 자신을 규정하는 담론구성체에 긍정적으로 동의하지만 악한 주체는 강제된 이미지를 거부하고 그것에 '역대칭' 자세를 취하거나 옹호하는 태도를 지닌다. 즉 "비동일화는 지배적 이데올로기 안에서 만들어지는 정체성과 동일화가 비록 완전히 거기에서부터 빠져나올 수는 없지만, 변형되고 치환된 결과에서 비롯된 것"(빌 애쉬크로프트 등, 이석호 역, 1996, pp.274~275)이다. 비동일화는 당시 우세한 이데올로기에 편승하는 동시에 저항하는 것이라고 할 수 있다.

다음에서 살펴볼 시들은 지배적 질서로의 일차적인 동일화의 원리를 부각시키고 있는 예이다. 화자는 현재에 대한 갈등이나 대립, 현실에 대한 불안의 요소는 배재한 채 지배질서의 이데올로기를 찬양하며 그것을 선동적인 구호의 양상으로 표현하고 있다.

> 오, 위대한 우리 조국의
> 쏘베트공화국이여!
> 당신은 시월의 불속에서 탄생해
> 열다섯 형제들을 거느리고

레닌이 가리킨 길 밟아

반세기이상 투쟁의 길,

승리의 길 꾸준히 걸어왔나니

우리 어찌 조국의 위력

자랑 안하리오?

노래 안부르리오?

오, 위대한 우리 조국

쏘베트 공화국이여!

당신은 시월의 불속에서 탄생해

피로 물들인 붉은 기에

마치와 낫을 새겨들고

금강석같이 빛나는

금빛 오각별 그려들고

인민들의 행복과 친선을 위하여

반세기동안 로력의 길,

승리의 길 꾸준히 걸어왔나니

우리 어찌 조국의 번영

자랑 안하리오

노래 안부르리오

– 허성록, 「쏘베트공화국」전문(레닌기치, 1973. 3. 24, 문예페지)

고통스러운 진실을 직시하는 것은 현재의 삶을 위태롭게 할 뿐
만 아니라, 기억하는 자신들마저도 견딜 수 없게 한다. 인정하고

싶지 않은 사실이나 받아들이기 힘든 사실 앞에서 대부분의 사람들은 눈을 감아버리거나 보고 싶은 것, 혹은 듣고 싶은 것만 듣는 것으로 반응한다. 자신을 고통스럽게 하는 진실을 회피하려고 하는 속성을 지니고 있는 것이 인간이기 때문이다. 위 시에서 화자에게 "우리 조국"은 "위대한" "쏘베트 공화국"과 동일 선상에 있다. 따라서 '나'는 소비에트 공화국 일원의 하나인 셈이다. 그렇기 때문에 화자는 소비에트를 자랑하지 않을 수 없는 것이다. 이는 앞서 말했듯이 지배적 질서 안에서 인정받지 못한 자아가 '선'한 주체가 되어 지배적 질서에 '동의'하고자 하는 것이다. 이것은 자신의 주체를 보호하려고 하는 것과 다르지 않다. 이런 양상은 다음의 시에서도 찾아볼 수 있다.

> 나는 그때
> 음울한 그 시절
> 기울어진 점자우에서
> 살풍을 맞으며
> 세상에 났다
> 나는 그때
> 행복이란
> 광명이란
> 무엇인지
> 알지도 못했다
> 강제부역에

우마같이
멍에를 메기도
한두번 아니였고
맥진해 넘어진 죄로
모진 채찍에
매맞기도
한두번 아니였다

(…중략…)

나는 꼴호스원!
친목한 가정의
동등한 자식이요,
꽃피는 이 땅에
뿌리박은 주인이요
자유로운 이 나라의 당당한 공민이니
이는
가장 높은 영예!
그러니 나는
정 깊은 내 나라
쏘베트 조국에
사는 것을
당당히 자랑한다

(…중략…)

이는 모두다

레닌아버지의

세세대대 잊지못할

높고 깊은 은덕이라

까닭에 나는

자유로운 내나라

쏘베트조국에 사는 것을

당당히 자랑한다

그리고 나는 맹세한다

만일 조국이 부른다면

서슴없이 썩 나서

목숨도 바치겠다고

　　－ 연성룡, 「나는 자랑한다」 부분(레닌기치, 1953. 4. 19, 문예페지)

사랑을 다하여 심장을 다 바쳐

우리의 생명인 당을 노래하노라

당이 없이는

조국의 맑은 하늘과

푸르게 설레이는 땅도

우리의 삶의 기쁨도 없으리니

정녕 그대 없이는

(…중략…)

우리 삶의 영원한 봄인 위대한 당이여!

우리 언제나 맑은 눈동자로

그대를 우러르고

태양을 따르는 해바라긴양

영원히 그대만을 따르리

영광스러운 쏘련공산당이여!

– 박현, 「당이여」전문(레닌기치, 1981. 2. 27, 문예페지)

위의 시 「나는 자랑한다」에서의 화자는 비록 원동에서 태어났지만 "가정, 자식, 주인" 등과 같은 어휘를 통해 '자유로운' 소비에트의 '동등한' '공민'임을 강조하고 있다. 또한 "조국이 부른다면/서슴없이 썩 나서/목숨"을 바치겠다고 맹세한다. 그러나 당시 고려인들은 명분상 소비에트 공민이면서도 전쟁 수행을 위해 군대에 들어갈 수도 없었고, 이주의 자유도 없었다. 또한 가족을 만날 자유도 없었다. 이런 상황에서 이 시의 화자는 소비에트라는 새로운 터전과 동화를 이루고, 그에 합일되기를 갈망한다. 화자는 소비에트를 '자랑하고' 싶을 만큼 긍정적인 공간으로 받아들이려고 노력한다. 고통스러운 과거를 지워버리려는 화자의 욕구는 '쏘련'을 '조국'으로 받아들이는 의지를 보인다.

하지만 "으레 그렇듯이 역사는 가족과 마찬가지로 단순한 의지 행위에 의해 자유롭게 선택할 수 있는 것이 아니다(릴라 간디, 이명옥 역, 2002, p.16)." 역사를 스스로 창안하려는 충동이나 새롭게 출발하려는 욕구는 '기만을 당하거나 실패를 겪을' 확률이 높을 수밖에 없다. 비록 선명한 구호를 외친다고 해도 본질적으로 이류성(異類性)을 내재한 고려인들에게 경제적, 문화적, 정치적으로 가한 근본적인 손상을 숨길 수는 없는 것이다.

이런 양상은 「당이여」라는 시에도 나타나고 있다. '심장을 다 바쳐' 노래할 만큼 사랑하는 '당'은 우리에게 설렘과 삶의 기쁨을 주는 "위대한" 것으로 표상되고 있다. 따라서 우리는 "태양을 따르는 해바라기"처럼 "영광스러운 쏘련공산당"을 따르겠다고 맹세를 한다. 해바라기가 태양을 따르는 것은 태양으로부터 영양분을 받기 위한 것처럼 당을 따르려고 하는 것 역시 영양분을 받기 위한 자기생존의 방식이라고 볼 수 있다. 따라서 이는 '부인'의 심리 위에 겹쳐진 일종의 방어기제로서 소비에트의 애국시민임을 인정받아 소비에트 체제에 적응하고 삶을 영위하기 위한 생존전략이라고 할 수 있다.

작가는 시를 통해 소비에트와 공산당 사이에 놓인 자신들의 조건이 갖고 있는 격차 및 균열, 혼성적인 불충분함을 극복하려는 기괴한 기획을 작품을 통해 드러내려고 함을 알 수 있다. 화자는 눈에 보이는 자유의 장치들과 은폐되어 있는 부자유의 지속으로 특징지어진 역사적·정치적 조건 속에서 임무에 합당한 자신의 미래상을 부르짖는다. 하지만 존재의 토대가 되었던 과거와 연결되지 않은 불연속성과 소련 사회 내에서의 혼성적인 불충분함은 작품의 질적 측면에서도 심각한 영향을 끼치고 있다는 것을 알 수 있다. 이런 양상은 다음의 시에서도 찾아볼 수 있다.

춘희의 방 책상우에
걸려있는 초상화
레닌의 초상화!
영명한 그 모습
유정한 그 시선
친 어버이와도 같이
믿고싶네
오늘도 우리 춘희
그 초상화 우러러보며
아픈 가슴, 애타는 마음
진심으로 속삭였네

춘희의 분조 목화밭에는
불행이 생겼네
파릿 파릿 어린 싹에
우박이 내렸네
춘희는 다시금
그 초상화 지켜보며
앞일을 맹세하였네

파종을 다시한 목화밭에는
푸른싹 솟아났고
희망찬 기쁜 마음

가슴에도 싹이 솟았네
크낙한 희망에 들끓는 마음
노래도 불렀네

– 연성룡, 「레닌의 초상화」 전문(레닌기치, 1987. 4. 2, 문예페지)

　화자는 책상 위에 걸려 있는 레닌의 초상화를 보며 "친어버이와 같이/믿고 싶"을 만큼 무한한 정을 느끼며 의지하려고 한다. 또한 초상화를 보며 "아픈 가슴/애타는 마음"을 토로하며 위안을 삼는 존재로 레닌을 부각시킨다. 심지어는 목화밭에 우박이 내려 파종을 다시 해야만 하는 극한 상황마저도 레닌의 초상화를 보며 극복하려고 한다. 화자에게 레닌은 자연현상마저도 물리칠 수 있는 초인적인 힘을 지닌 존재라고 할 수 있다. 화자는 이렇게 맹목적으로 지배이데올로기를 찬양해 자신들 역시 소련을 지지하는 열렬한 국민임을 보여주려고 한다. 이어지는 시를 보면 이런 양상은 더욱 극대화됨을 알 수 있다.

지금 나는 듣노라
저녁마다 우는 소리―
저 소쩍새 울음소리!
옛날 두메산골에서 듣던 소리!

저 새울음소리에서
옛일을 더듬어보노라

살면서도 죽은 목숨이였던
나의 어린시절을……
나는 화전민의 아들
학교란 문턱도 못가보고
여름에는 김을 매고
겨울이면 나무지게 져야 하였다.
어리던 나까지 일해도
봄이 오기 바쁘게
먹을것이 떨어지군하였다.
지금도 눈에 선하구나
따뜻한 봄날의 햇볕에서
봄버들 야들야들 웃어도
어린것들은 배고파 울고
어머니는 귀밑머리만 만지고
아버지는 한숨만 짓던 일…

그렇게 살아오던 어느 날
시월의 소식, 레닌의 말 들었다.
오늘 무엇이나 풍부하고 자유로운 날
은혜로운 레닌당이여!
이 순간에도 다시 또다시 맹세하노라
그대의 전사가 되던 날
설레이는 가슴을 눅잦히며

두손으로 당증을 받아쥐던 날처럼

개편의 날, 이 순간에도 다짐하노라

오직 레닌당을 위해

레닌당과 함께 숨쉬며 싸우겠노라고

그대의 은혜에

다문 얼마라도 로력으로 보답하리라고…

– 리세호, 「이 순간에도」 전문(레닌기치, 1987. 8. 29, 문예페지)

화자는 고향에서 저녁마다 듣던 소쩍새 소리를 지금 이곳에서 듣고 있다. 이때의 소쩍새 소리는 현재의 장소와 고향을 이어주는 매개체이다. 그러나 "화전민의 아들"로 태어난 화자에게 고향에서의 생활은 "학교 문턱에도 못"가고 어린 나이에도 일을 하며 지내야 하는 "살면서도 죽은 목숨이였던" 가난한 시절들이다. "어린것들은 배고파 울"어도 "어머니는 귀밑머리만 만지고/아버지는 한숨만 짓"는 무능력하고 궁핍한 생활을 이어나가야만 하는 결핍의 공간이다. 그 시절 화자를 구원해 준 것은 바로 "은혜로운 레닌당"이다. 따라서 화자는 "설레이는" 마음으로 당증을 받아들던 날처럼 순간순간 "오직 레닌당을 위해" 목숨을 바치겠다고 다짐한다. 하지만 화자의 다짐과 각오는 진지한 성찰에 기초하기보다는 인정받지 못한 소수자의 열망과 욕구에 찬 설익은 교조주의적 외침의 형태로 나타나고 있음을 알 수 있다.

호미 바바가 적시한 대로, 식민적 상투형이 시들에 반복적으로 드러나고 있다. 즉 상투형의 완전성과 통일성에 대한 동일시를 하고 있는 것이다. '상투형의 완전성과 통일성은 자기도취적 이미지를 불러일으키는데'(피터 차일즈와 패트릭 윌리엄스 저, 김문환 역, 2004, p.264) 위협적인 '레닌 당'을 반복적으로 찬양하고 재진술함으로써 본질적인 차이를 은폐하고 있다.

이에 대해 장사선과 우정권(2005, p.77)은 고려인 시와 정체성의 문제에서, 고려인들의 시에 나타나는 레닌과 10월 혁명에 대한 각별한 추모와 특별하고 경건한 대상으로의 추앙은, 고려인들의 공동체가 처했던 파멸의 재앙에서 기적처럼 생명을 구제받는다는 믿음을 소망한 것이라고 보고 있다. 이때 죽은 자의 혼령은 개인의 수호천사 혹은 은인으로 나타나며 따라서 레닌과 10월 혁명에 대한 고려인들의 추모에 나타나 있는 경건성은 고려인들 공동체의 기억에 상존하는 운명적 각인을 더 이상 위협하지 못하게 하는 기능을 수행하고 있다고 본다.

이 외에도 기존의 조국과 고향을 부정하면서 소비에트와 중앙아시아는 형제보다 더 진전된 관계인 어머니로 명명되기도 한다. 뿐만 아니라 더 나아가서는 완벽한 조국으로 형상화되기도 한다.

사람에겐 귀중한 것이
많고 많아도
가장 귀중한 것은
하나밖에 없는 어머니조국,
자장가 불러주는 어머니품마냥
조국이야, 그대의 품에 안길 때

사람들은 안식을 얻으며

곤난이 중첩되는

역경에 처해도

오로지 그대를 믿기 때문에

삶의 용기를 얻노라

온 인류의 등대인

쏘베트조국을 위해서라면

둘도없는 생명 바쳐도

추호도 아깝지않으리

– 주영윤, 「조국」 전문(레닌기치, 1979. 2. 14, 문예페지)

화자에게 있어 "인류의 등대"인 소비에트는 마치 "자장가"를 불러주는 어머니의 품처럼 포근한 곳이다. 고난과 역경에 처해도 안식을 주는 곳 역시 조국이라 칭하고 있는 소비에트이다. 따라서 이렇게 삶에 용기를 주는 조국을 위해서라면 하나밖에 없는 "생명을 바쳐도/아깝지 않"을 것이라 말한다. 강진구(2004, p.48)는 「중앙아시아 고려인 문학에 나타난 기억의 양상 연구」에서 한 가지 주목해야 할 사항으로 강제이주에 대해 고려인들이 끝끝내 침묵으로 일관한다는 사실을 지적하고 있다. 이런 고려인들의 태도는 과거를 기억하는 것만으로도 또 다른 탄압을 당할지도 모른다는 공포와 불안에 대한 일종의 방어기제로서 아직까지도 고려인들이 강제이주의 기억에서 자유롭지 못하다는 것을 잘 보여주고 있다고 할 수 있다. 또한 그는 고려인들이 강제이주에 대해 말하지 않는 행위는 일종의 망각에 해당한다고 해석한다.

다음의 시 역시 같은 작가의 작품으로 소비에트의 언어를 배운 이후부터 생활이 변했다고 말하면서 러시아말의 위대함에 대해 이야기한다.

얼마나 모대기였던가, 나는
일제의 식민지 학정하에서
제가 걸어야 할 길 몰라서
해방자―쏘련병사 야간학교에서
로어를 가르쳐준 그날부터
나의 생활 변하였어라

그때부터 나는
위대한 레닌의 말,
시성 뿌스낀의 말―
로씨야말을 숭상하노라

이 말은 길을 헤매는 나에게
력사의 흐름, 인류의 앞길
내다보는 눈을 뜨게 해준 말

향학열에 불타는 나에게

지식의 날개 달아주고
행복의 노래 안겨주었네

이 세상엔 말들이 하많아도
로씨야말보다 더 위대한 말
나는 몰라라.

– 주영윤, 「위대한 말」 전문(레닌기치,1988. 3. 30, 문예페지)

이 시의 화자는 저 스스로를 '모대기'라 말하고 있다. (모대기란 괴롭거나 안타깝거나 하여 몸을 이리저리 뒤트는 일을 일컫는 북한어이다.) 이런 화자는 일제 식민지하에서 길을 몰라 방황할 때 "해방자 쏘련병사"에게 로어(러시아어)를 배우고 난 후부터 생활이 변한다. 러시아어는 화자에게 "역사의 흐름"과 "앞길을 내다보는 눈을 뜨게 해"준 말이다. 또한 "지식의 날개"를 달아주고 "행복의 노래"를 안겨준 "위대한 말"이다. 고려인들은 가능한 빨리, 적극적으로 소비에트라는 지배질서에 적응을 해야 만 했다. 이때 제일 먼저 요구되는 것이 바로 소비에트 가치관에 자신들을 동화시키는 것이다. 이렇게 봤을 때 화자가 '로어'를 배우는 일은 '쏘련'이라는 새로운 터전에서 지배질서의 언어를 사용함으로써 이념적 합일을 이루려고 하는 화자의 안타까운 노력으로 볼 수 있다. 하지만 이런 노력도 그들을 주변화에 그치고 만다. 왜냐하면 화자에게 문화의 중심이란 곧 '소비에트'라는 거대 체제를 의미하기 때문인데, 그건 착각의 허상에 불과할 공산이 크기 마련이다. 미셀 푸코가 적시한 것처럼, 자신의 문화적 정체성을 포기하고 스스로 거대 체제의 일부가 되기를 원하고 스스로 그 중심부에 위치해 있다고 착각하지만 "체제는 결코 그들의 중심부에 위치를 만들어주기 않기"(김성곤, 1996, p.47) 때문이다. '제가 걸어야 할 길 몰라서' 괴로웠던 '일제의 식민지 학정하에서' 피식민지인으로 타자화되었던 화자는 소비에트라는 낯선 제국에서 다시 타자화되는 중층의 굴절을 겪는다. 체제의 중심에 들어가 체제의 언어 '위대한 레닌의 말, 시성 뿌스낀의 말, 로씨야말' 로 글을 쓰고 체제의 눈으로 자신과 조국을 바라보지만 결국은 주변부의 위치에서 좌절할 수밖에 없는 것이 화자의 운명이다. 주변부에 위치한 화자는 피식민 지식인 혹은 타자로서의 전형을 보여준다. 화자는 한국어가 아닌 '로씨야어' 를 사용해야만 하는 소비에트 체제의 강압과 규율을 거부하지 않고 모방함으로써 타협하고 있는데, 이 시에서 그 타협은 혼성과 잡종성의 형태로 드러나 있다.

2) 삶의 긍정적 인식

'부인(Denial)' 에 의한 대체는 중앙아시아로 강제이주를 당한 이후 고려인들에게 동시다발적으로 이루어졌다. '부인' 이란 프로이트가 특정한 의미로 사용한 용어로 주체가 외상으로 지각되는 현실을 인정하는 것을 거부하는 방어방식을 말한다. 프로이트에 따르면 여아의 경우 처음 남근을 본 후 자신에게 남근이 없다는 사실을 '부인' 한다. 나아가 여아는 자신이 남근을 갖고 있다고 믿으며 남근을 선망하게 되고 남자아이와 동일시하려는 시도를 한다. 이는 거세 콤플렉스로 이어지는데 성장과정에서 해소되지 않으면 정신분열 상태로 남게 된다. 성장 초기 단계에서 남근의 부재공간에는 곧바로 다른 대체물이 들어서야 한다는 심리가 발생한다. 강제이주 이후 고려인들은 소비에트 체제로의 편입과 체제 건설에 동참하면서 소련을 조국으로 받아들이고자 한다. 그러나 문제는 사실상 조국으로 받아들였다기보다는 그들의 '부인' 하던 자리에 대체되었다고 해야 옳다. 지배질서의 이데올로기에 의해 거세된 부재를 인정하지 않는 심리가 곧바로 대체물을 찾으려는 의지를 작동시킨다고 본다면 타자에 의해 본질적인 조국, 고향을 잃은 상황에 대한 '부인' 의 심리가 고려인들에게 작용했을 것이고 양가적 대체로, 또는 암묵적인 '조국' 으로 소비에트를 받아들이고 현재적 삶을 긍정하려고 노력하는 것으로 볼 수 있다.

김두칠의 장편서사시 「송림동 사람들」 에서는 지배질서와의 동일화와 부인의 원리를 찾아볼 수 있다. 이 시는 소비에트 고려인 사람들의 과거 역사를 부정적으로 조명하면서 현재적 삶을 긍정하는 대표적인 시라고 할 수 있다. 1982년 알마따 사수식출판사에서 발행된 종합작품집 『해바라기』[38]에 실린 시를 살펴보도록 하겠다.

---

38) 『해바라기』(1982) : 알마따 사수식출판사에서 간행된 이 책은 국판크기에 207쪽 분량으로, 21명의 고려인 현역 문인의 시, 소설, 수필 등을 모은 종합 작품집이다. 이후 표기는 편의상 책명만 밝힌다. 그러나 이 책에 실린 김두칠의 「송림동 사람들」은 1974년 12월 25일자 《레닌기치》 문예페지에 실린 원본과 상당한 차이가 난다.

나는 조선사람이다

그러나 쏘련공민이다

내가 난 곳은 원동이다

내 조국은 쏘련이다

제정시절엔

조선사람이란

이름조차 없었고

그저 추미사라고 불렸다

허나 시월의 포성은

이 제도 깨뜨리고

거룩한 쏘베트주권은

천대받던 조선사람들께도

다 같은 공민권 주었던

그때로부터 우리는

조국을 위하여 몸바쳤다

(…중략…)

이렇게 레닌당은

우리에게 행복을 주었고

행복한 우리들은

조국의 부강을 위하여

쏘련의 여러 민족들과 같이

남김없이
힘과 정열을 바친다
우리의 조국은
나날이 왕성해진다

(…중략…)

흐르는 세월은
송림동의 옛날을
영원히 실어갔고
송림동사람들의 후손들께는
새 생활을 실어왔다

(…중략…)

이렇게 쏘련조선사람들은
선조들이 꿈꾸던
락원을 쏘련에서 찾았다

(…중략…)

악몽같은 옛날은
영원히 멀어졌다

행복의 오늘 자랑한다.

보다 나은 래일을 위해

몸 바치고 일하며

후손들을

애국주의 정신으로,

진정한

공산주의 건설자로,

준비된 조국의 옹호자로, 훌륭한

공민으로 양성한다.

– 김두칠, 「송림동 사람들」 부분(해바라기, pp.104~107)

위 시는 고향에서의 삶의 이미지가 중심이 되어 있다. 그러나 태어난 고향이나 조국에 대한 그리움이나 향수는 찾아볼 수 없다. 오히려 고향이나 조국에서의 생활은 야만적 일제와 악덕 지주의 수탈이 자행되고 있는 "악몽 같은" 시간들로, 인간이 살기 힘든 척박한 땅인 부정적인 공간으로 인식되고 있다. 급기야 화자는 "선조들이 꿈꾸던/락원을 쏘련에서 찾았다"고 말한다. 새로운 고향과 나라에 정착하기 위해 과거의 조국과 고향에 대한 부정적 형상화는 필연적일 수밖에 없었을지도 모른다. 하지만 이는 프롤레타리아 세대주의라는 대의명분 앞에서 민족 정체성이 한없이 움츠려들 수밖에 없는 상황으로 읽힐 수 있다. 베네딕트(1989, p.245)는 체제 불복종에 대한 제재는 엄격하기 때문에 대부분의 사람들은 핵심적 가치를 받아들일 뿐 아니라 그들만의 특수한 제도가 궁극적이고 보편적인 타당성을 반영한다고 가정한다고 말하고 있다. 이런 상황에서 심지어 화자는 자신의 이름도, 제 나라도 제 고향도 없다며 자기부정의 극단에 이른다. 살기 위해 그들은 "게딱지 같은 집을 버리고" 떠나와 "선조들이 꿈꾸던 낙원을 찾아" 소비에트로 이주하는 것이 당연하다고 말한다.

또한 송림동의 고려인 후손들은 카자흐스탄과 우즈베키스탄 등 여러 곳에서 "악몽같은 옛날은 영원히 멀어"지고 "꽃피는" "새 생활을" 시작하게 되었다고 말한다. 농토, 공장과 광산, 대학과 연구소에서 빛나는 업적을 거두었다고 뿌듯해 한다. 이 시에서 화자는 "나는 조선사람이다/그러나 쏘련농민이다/내 고향은 원동이고/내 조국은 쏘련이다"라는 시적 진술을 통해 자신의 출신은 비록 조선이지만 새로운 땅인 소비에트가 자신의 위대한 조국임을 강조한다. 이런 진술은 자연스럽게 소비에트 농민과 조선 사람을 동일화시키려는데 목적이 있다. 따라서 이 작품은 호미 바바가 말하는 '흉내(mimicy)'를 전형적으로 드러내고 있다고 할 수 있다. "흉내는 유사성과 비유사성, 즉 '거의 똑같지만 완전히 똑같지는 않은 차이'를 요구하기 때문에 양가적이다(피터차일즈와 패트릭 윌리엄스, 김문환 옮김, 2004, p.268)." 비본래성에 대한 급작스러운 자각, 권위의 외양이 구성되고 추정된 것이라는 급작스러운 자각은 정체성을 분열시킨다. 안타깝게도 흉내는 인정과 거부의 과정 속에 닮은 것이 부인되는 그런 권위의 자리에서 식민적 현존을 반복한다.

김낙현(2004, p.293)은 「고려인 시문학의 현황과 특색」에서 고려인들이 시작품을 통해 자의든 타의든 소련을 자신들의 조국으로 형상화해 소련공민으로서의 삶에 충실할 것을 역설하고 있다. 더불어 그는 '레닌'으로 대표되는 이념적인 찬송 성향이 단지 소수민족으로 살아남기 위한 생존적인 방법의 차원에서 행한 결과물이라고 말한다.

스탈린이 사망한 1953년까지 고려인 작가들은 당이 허용하는 범위 내에서만 창작을 해야만 하는 일종의 암흑기를 보낸다.[39] 이런 현실에 미루어 보면 다른 비상구가 없었던 강제 이주된 고려인들은 새로운 조국이자 고향으로서의 소비에트를 살기 좋은 유토피아로 생각할 수밖에 없었을 것이다. 현실의 삶이 고단하면 할수록 집단적 자기 최면술은 강해지기 마련이다. 그것이 바로 현실의 고통을 해결해줄 수 있는 유일한 길이라고 생각하기 때문이다. 따라서 자연스럽게 스탈린정권이 고려인들에게 자행한 만행의 기억은 억압되었을 것이다. 강제이주의 진실을 직시한다는 것은 현재의 삶을 더욱 위태롭게 할 뿐만 아니라 기억하는 자신들마저도 견딜 수 없게 하기 때문이다.

따라서 강제이주의 기억은 고려인들의 기억에서 억압, 자리바꿈, 변형, 왜곡이 일어나기에 이른다. 강제이주의 진실은 고려인들의 깊은 무의식에 꼭꼭 숨겨 두어야 할 금기였던 것이다. 강제이주

---

39) 이에 대해 고려인 작가 정상진은 "작가들이 자기가 할 수 있는 말을 할 수 없고 자기가 써야 할 작품들을 쓰지 못했습니다. 왜냐하면 검열이 아주 심했고 또 통제가 아주 심했습니다. 그래서 일체 작품들이 쓰여지면 반드시 그 작품을 노어로 번역해서 당 기관이나 검열기관들에 바쳐야 합니다."라고 말한다. 정상진(2002. 3). 재소련 고려인 문학의 정체성. 민족발전연구 제6호, p.297.

를 언급하는 것은 곧 소비에트를 배신하는 행위로 인식되었기 때문이다. 따라서 강제이주의 기억과 함께 강제이주의 아픔을 떠올리게 하는 고향에 관련된 기억마저도 무의식으로 가라앉게 된다. 이제 고려인들의 의식의 표면을 지배하고 집단적 트라우마를 억압하는 것은 소비에트 공화국의 유토피아적 이미지이다.[40] 그래서 이들은 상위주체인 지배질서와의 동일화 중의 하나로 현재의 삶을 긍정적으로 받아들이는 방법을 택해 상흔을 극복하고 나름의 주체성을 확보하려고 한다. 다음 시에서도 그런 양상은 드러난다.

> 어떤 사람들은
> 무턱대고 길을 떠납니다
> 아득한 지평선을 향하여
> 자기들이 없는 곳에 행복이 있을가하여
>
> 나도 그렇게 하였습니다
> 그 어딘가 머나먼 고장에
> 행복의 락원이 있는가하여
> 방랑의 길을 헤매였습니다

---

40) 강제이주는 고려인들에게 엄청난 사건이었음에도 불구하고 고려인들은 '1937년도' 나 '강제이주' 와 같은 말은 입 밖에도 꺼내지 못했을 뿐만 아니라, '민족어' 와 같은 어휘조차 반소비에트 언사로 비판받았다. 강제이주는 1989년 5월 23일부터 31일까지 《레닌기치》에 연재된 한진의 「공포」라는 단편소설을 통해 비로소 작품으로 형상화된다.

허나 행복은 바로

내가 사는 고장에 깃들어있었습니다

알고보니 나에게는

그것을 보는 눈이 없었습니다

사랑 누리고 가정 이루고

앞날 위해 아이들을 키우고

나라 위해 보람있는 일 하는 것이

행복임을 나는 깨달았습니다.

―주영윤, 「나는 깨달았습니다」 전문(레닌기치, 1983. 7. 27, 문예페지)

사람들은 행복의 공간을 찾아 현실에서의 탈출을 감행하지만 그것은 쉬운 일이 아니다. 이 시의 화자 역시 "그 어딘가 머나먼 고장에" 있을 것 같은 "행복의 낙원"을 찾아 "무턱대고 길을 떠나" "방랑의 길을 헤매"지만 결국 되돌아오고 만다. 결국 이 시의 화자는, 행복이란 바로 자신이 살고 있는 고장에 있다며 체념하기에 이른다. 행복이라는 것은 '방랑의 길' 끝에 있는 것이 아니라 "내가 사는 고장에", 즉 현재 살고 있는 삶 속에 있는 것이라고 생각한다. 심지어는 자신이 그 행복을 보는 눈이 없었다고 자책하기에 이른다. 이는 지배질서 안에 합일되려고 하는 간절한 화자의 욕망으로 읽을 수 있다. 이런 양상은 다음의 시에서도 나타난다.

훈훈한 봄바람이 분다

안개가 자욱히 찻다

저긔 어머니가 온다

안개를 헤치면서, 어머니가

얼골에 우슴을 띄고 어머니가 온다

나는 넘우도 깃뻐서 두주먹을 쥐고 뛰어가다가

그만, 진탕에 밋그리저 넘어젓노라

백설같은 힌옷을 휘적시고

분하고도 원통하여

조소하는 아이들을 피하며

은근히 눈물을 씻첫노라

찬바람이 몹시 분다

힌눈이 공간에서 휘날린다

저긔 어머니가 온다

백옥같은 눈사이로, 어머니가

나를 안으려고 팔을 버리며

사랑하는 나의 어머니가 온다

나는 넘우도 깃뻐서 한울만 처다보고 가다가

그만, 어름에 코를 깨첫노라

힌눈을 붉은 피로 물들이고

남의 어머니께 이끌리어

소매로 피를 씻으며

엉-엉 고함처 울엇노라

아니다, 아니온다

한번가신 어머니 아니온다

이것은 모도다 꿈이다

고통과 원한에 가신 어머니

애처럽게 우는 나를 찾으려

무정한 나의 어머니 아니온다

나는 넘우도 설버서 외로히

의지를 찾다가

이제야, 진정한 어머님 품속에 안겻노라

모국의 넓은땅 힘끝 끌어안고

인정과 영접에 넘우 깃뻐서

검은땅 맘끝 입맞춘후

어머니! 소리처 불넛노라

— 리은영, 「어머니」 전문(레닌기치, 1941. 3. 21, 문예페지)

'흰 옷'과 '흰 눈', '백설', '백옥'으로 대변되는 어머니는 조선의 어머니, 조선의 땅과 일맥상통한다. 진탕에 넘어져 옷을 버려 분하고 원통해도 '조소하는 아이들' 때문에 나는 마음 놓고 울지도 못한다. 어머니 역시 '고통과 원한에' 세상을 뜬 사람이다. 따라서 화자는 모든 것이 꿈이라고 의도적으로 기억을 부정하려고 한다. 어머니 즉 고향은 애처롭게 우는 나를 보살펴주지 못한다. 서러운 나는 외롭게 의지할 곳을 찾다가 모국이라고 일컫는 넓은 땅을 발견하게 된다. 그 땅은 다름 아닌 화자가 '지금' 살고 있는 곳을 의미한다.

　표면적으로만 보면 위의 시 역시 현재적 삶을 긍정적으로 인정하고 있는 것으로 드러난다. 또한 소비에트를 새로운 고향이나 조국으로 인식하고 있는 양상을 보여준다. 이를 위해 화자는 과거의 고향과 조국, 특히 조선을 부정적으로 형상화하고 있다. 그러나 그 이면에는 소비에트라는 곳은 심리적 공포가 존재하며 소통 부재의 공간이라는 것을 읽을 수 있다. 그 땅이 "검은 땅"이라는 것을 주목해보면 "검은 땅"은 재생과 부활의 땅이 아닌 죽음의 땅이며 어둠의 땅이라는 것을 알 수 있다. 이런 땅을 모국의 땅이라 지칭하지만 화자의 내면에는 심리적 공포감이 깊이 자리하고 있는 것이다. 따라서 위의 시는 고려인들이 사회주의적 정체성을 확보했다는 것을 대내외적으로 알리기 위한 하나의 제스처라고 할 수 있다.

　　나의 조국

　　강하,

　　바다,

　　무변 광야

　　하늘 맑은

　　쏘베트 나라

　　여서 사는 우리

　　력사의 창시자

　　일도 각 가지

　　풍습도 다르지만

하나의 마음으로

하나의 목표 향해

평화,

로동,

친선으로 집을 짓고

땅을 갈아

천년만년 살아가리

장하세

강하세

부러움 모르고

두려움 모르고

날로 부강하는

쏘베트 나라, 내 나라여

— 유성철, 「내 조국」 전문(레닌기치, 1981. 2. 23, 문예페지)

위의 시에서는 강제이주의 고통이나 상흔의 흔적을 찾아볼 수
없다. 오히려 화자는 "날로 부강하는" 소비에트를 "내 조국/내 나
라"라 호명하며 찬양하고 있다. "쏘베트"에 대한 경도와 '조국'에
대한 찬양은 타자를 주체에 각인시키려는 자기암시 효과를 발휘한
다. 내면으로부터 조국을 승인하기 위한 가장 효과적인 방법은 소
비에트와 지배체제에 대한 열광적인 몰입이라고 해야 옳다. 고통
이나 상흔은 시간이 지나도 온전히 치료되지 않기 때문에 주체의

무의식 내에서 억압되고 위장되기 마련이다. 기억의 부인은 과거를 부인하는 것이기도 하다. 이런 부인은 무엇보다 과거와 현재를 단절시킨다. 적성민족이라는 짐을 안고 살아가던 고려인들에게 지배질서에의 찬양을 보여주는 일은 누명을 씻을 수 있는 길이라고도 할 수 있다. 앞에서도 말했듯이 이에는 새로운 질서로의 편입, 즉 소비에트 체제에 적응하고 삶을 영위하기 위한 부인의 심리 위에 겹쳐진 방어기제로서의 생존전략도 작용하고 있다. 생존해야 하기 때문에 그들은 민족적 요소를 망각하거나 은폐할 수밖에 없었던 것이다.

> 그때-1937년
> 가던 기차 멈춘 곳은
> 사흐뜨딴의 평원
>
> 평원-끝없는 사막…
> 난생 처음 본
> 모래밭,
> 모래밭,
> 햇볕에 그으른 가시풀,
> 앙상한 싹싸울,
> 지평선에 간혹 보이는 락타,
> 외로운 유르따…
> 그때 사막엔

날씨조차 궂었다
모래바람 휘몰아쳐
숨결을 막았고
지붕없는 집들은
서글프기도 하더니…

(…중략…)

오, 카사흐쓰딴
은혜많은 카사흐쓰딴!
해빛도 많고
땅도 넓고
맘도 후하고나
나는 네땅의
떡을 먹고
물을 마시고
새살림 굳혔으며
다민족 큰 가정에
한집 식솔 되었다

(…중략…)

나는 네앞에 절한다

레닌의 기치들고

반세기 걸어온

그 빛나는 길에

영원히 꽃이 피라!

– 연성룡, 「카사흐스딴아, 나의 절을 받으라」 전문(1983, pp.17~20)

1937년 강제이주 당시 기차는 "끝없는 사막"에 멈추어 선다. 이 사막은 "모래밭"과 "햇볕에 그으른 가시풀/앙상한 싹싸울"만이 자라고 "모래바람"이 부는 땅이다. 그런 땅에서 화자는 "난생 처음 보는" 카자흐스탄의 사람들이 "형제적 애정"으로 고려인들을 도왔기에 고려인들은 학사, 박사, 의사, 기사, 노력영웅의 칭호를 받게 되었다고 말한다. 후한 마음과 넉넉한 인심을 자랑하는 카자흐스탄에 대해 마음에서 우러나오는 감사의 마음으로 '절'을 하고 있는 것이다.

위의 시에 대해 최강민(2004, pp.12~13)은 "중앙 아시아인들은 대체적으로 낯선 이방인인 고려인들을 따뜻하게 맞이한다. 고려인들은 중앙 아시아인들의 환대에 대해 감사의 마음을 갖는다. 고려인 시인들은 자신들이 살고 있는 중앙 아시아인들과의 만남을 우정으로 형상화하면서 그들과의 연대성을 강조한다. 이것은 낯선 이방인이 정착하기 위해 현지인의 도움이 필수적이었다는 점에서 자연스러운 것이라 할 수 있다"고 말한다. 그러나 이런 해석에는 재고의 여지가 있다. 당시 카작인은 계속되는 굶주림과 스탈린 독재, 그리고 집단화 정책 등으로 공포에 질려 있었다. 따라서 강제이주를 당해 카자흐스탄의 사막에 떨어진 타민족에게 호의를 베풀 여유가 있었을 리 만무하다.

이 시에 그려져 있는 사막과 모래밭, 햇볕에 그을린 가시풀, 앙상한 싹싸울, 외로운 유르따 등 카자흐스탄의 이미지는 결코 풍요로움의 내포를 보여주지 않는다. 그런 땅에 지붕도 없는 집들을 짓고 정착한 고려인들은 그후 거칠던 광야에 과수원을 만드는 한편 논농사를 시작한다. 또한 공장을 만들기도 하며 황폐했던 땅을 농업도시로 변모시켜간다. 강제이주 후 태어난 아이들은 척박한 땅을 풍요의 땅으로 만든 선조들의 덕으로 학사, 박사, 의사, 기사, 노력영웅 등으로 성장해 간다.

하지만 강제이주가 이루어진 당시에는 당국이 카작인들에게 고려인과의 접촉을 금하라는 명령을 내린 것으로 알려지고 있다. 접촉을 하면 처벌을 하겠다는 명령이 있었다고 한다.[41] 강제이주는 고려인들에게 엄청난 사건이었음에도 불구하고 고려인들은 '1937년도' 나 '강제이주' 와 같은 말은 입 밖에도 꺼내지 못했을 뿐만 아니라, '민족어' 와 같은 어휘조차 반소련적인 언사로 비판받았다. 강제이주는 1989년 5월 23일부터 31일까지 레닌기치에 연재된 한진의 「공포」라는 단편소설을 통해 비로소 작품으로 형상

---

41) 강제이주를 제재로 삼아 「삼각형의 면적」, 「기억」 두 편의 작품을 쓴 고려인 희곡작가 송라브렌띠에 의하면 그 당시 잠블역에 도착한 고려인들을 자동차로 정착지까지 태워 나른 카작 자동차 운전기사의 증언을 들었다고 한다. 원동의 고려인들이 도착하기 전에 KGB요원들이 카작인들에게 "다른 민족이 여기 온다. 도와주지 말라. 도와주면 죽인다. 식인종들이다." 그렇게 말했기 때문에, "식인종이라고? 그럼 뭘 먹이지?" 하고 생각했다고 한다. 막상 도착한 사람들을 보니 식인종 같지 않더라고 했다.

화된다.

　이런 상황에서 카자흐스탄 사람들이 과연 고려인들을 위의 시에서처럼 환대를 했을 것으로 보이지 않는다. 위의 시에서와 같은 표현이 재고되어야 할 까닭은 바로 여기에 있다. 따라서 시에 드러나 있는 카자흐스딴은 단지 하나의 '소재' 일 뿐 작품의 주된 초점이라고는 할 수 없다. 고려인들이 후일과 후손을 위해 사실보다 더 미화해 그리고 있는 까닭이 바로 여기에 있다.

　강제이주 이후 고려인들은 거주 이전의 자유가 없었을 뿐더러 소비에트 당국의 정책에 따라 공민증조차 발급되지 않아 소비에트 공민으로서의 권리조차 보장 받지 못한 것이 사실이다. 그러나 다음의 시에서도 역시 이런 현실은 드러나 있지 않다.

　　　행복을 찾는 이여, 여기로 오시라

　　　영원한 행복 여기 있노니

　　　빈부나 강약의 차별이 없고

　　　있는 힘, 아는 지식 모두 바쳐 일하면

　　　나라 살림, 새 살림 모두 펴나가나니

　　　여기가 만민이 부러워하는

　　　지상락원 행복의 조국

　　　레닌이 세워주신 백성의 나라

　　　쏘베트 내 조국이라네

　　　　　　－ 황운정, 「행복의 조국」 전문(레닌기치, 1981. 9. 30, 문예페지)

　당시에는 다른 탈출구가 없었던 것이 중앙아시아의 고려인들이다. 따라서 그들은 새로운 조국이자 고향으로서 "빈부나 강약의 차별이 없"는 "쏘베트"를 "내 조국"으로 인식하고 영원한 행복이 있는 "지상낙원"인 유토피아로 상정하지 않을 수 없었다. 현실의 삶이 고단하면 할수록 이런 집단적 자기최면술은 더욱 강해지는 법이다. 그것이 바로 현실의 고통을 해결해줄 수 있는 유일한 길이라고 생각하기 때문이다. 따라서 고려인들은 지배질서에 저항하기보다 맹목적으로 충성하는 것이 소수민족으로 더 이상 차별받지 않고 살아갈 수 있는 유일한 길이라고 생각한다. 화자가 소비에트는 영원한 행복이 있는 곳이니 "행복을 찾는 이여, 여기로 오시라"고 말하는 것은 바로 이 때문이다. 이런 자발적 동일화를 통해 고려인들은 스탈린의 소비에트 정권이 자신들에게 자행한 공포와 불안을 회피하고자 한다.

　기억이란 본래 현재의 외상을 이해하기 위해 조각난 과거를 짜맞추어 보는 것, 곧 고통스러운 떠올림이라고 할 수 있다. 이는 상흔이 얼마나 큰 파장과 징후를 야기하는가를 의미하는 것이기도 하다. 따라서 상흔(傷痕·trauma)을 이해하고 치유하기 위해서는 기억을 떠올리는 것이 선행되어야 한다. 그러나 지워버릴 수 없는 상흔을 직·간접적으로 경험한 고려인들은 기억을 떠올리는 대신 그것을 삭제하고 현재적 삶을 긍정적으로 받아들이려고 한다. 이런 방법을 통해 그들은 궁극적으로 저 자신의 상흔을 극복하려고 한다.

3) 대체기억 −영웅에 대한 형상화

어느 때부텀 너의 조국이 조선이냐? 너의 조국은 조선인 것
이 아니라 소련이 너의 조국이다. 때문에 조국이라는 말을 삭
제하라. 그래서 조기천 선생이 할 수 없이 조국, 모국이라는 말
대신에 이 나라 백성, 이 나라 산천, 이 나라…뭐…저…이 나라
의 인민들 이렇게 바꾸지 않으면 안됐습니다. 대게 이런 상황
에서 소련에 있는 문인들이 정말 마음에 없는 글을 써야 했으
며 자기 모국을 향해서 모국이라는 말을 할 수 없는 그런 현실
에서 글을 쓰게 됐습니다. 그런 다음에 주로는 소련체제를 환
영하는 작품을…소련체제를 이상화하는 그런 인제 글을 쓰지
않으면 안됐습니다(정상진, 앞의 글, p.297).

고려인 작가 정상진의 글은 본 장을 이해하는 데 많은 도움을 준
다. 고향을, 조국을, 모국이라는 말을 마음 놓고 쓸 수 없는 현실에
서 작가들은 자신의 의지와는 다른 글을 쓸 수밖에 없었다. 상황이
이렇게 되자 고려인 작가들은 대체기억을 불러와 글을 쓰기 시작한
다. 투쟁의 영웅, 노동영웅 등이 이들이 택한 대체기억의 대상이다.

강제이주를 당한 고려인들이 언제 어떻게 또 다시 이주를 당하
거나 탄압을 받을지 모른다는 공포를 느끼는 것은 당연하다. 고려
인들은 이런 불안에서 벗어나기 위해 체제에 순응하는 것으로 자
신들의 애국심을 증명하려고 한다. 그러나 적성민족으로 분류되어
병역의 의무조차 이행할 수 없게 되자 자신들도 소비에트 국민의

일원이 될 자격이 있다는 것을 더욱더 타민족에게 알리게 된다. 이 과정에서 먼저 제시된 것은 레닌이 소비에트 정권을 수립할 당시 고려인들이 볼셰비키 파(派)에 적극 가담해 빨치산 활동을 했다는 것을 알리는 역사적인 전략이다. 이때 빨치산 투쟁의 영웅으로 적극 내세운 인물은 홍범도(1868~1943: 봉오동 전투의 영웅으로 널리 알려진 한일 의병장)이다. 고려인들은 홍범도를 현실에 호출해 자신들에게도 자랑스러운 빨치산 전통이 있음을 알리려고 노력한다. 이 외에도 조국수호전쟁에 참여했던 노력영웅에 대한 문학적 형상화를 들 수 있다. 이는 영웅이 집단적 자아의 대표자가 되는 방식이다.[42] 민족의 힘과 유구함을 상기시킨 이들 "알레고리적 형상으로서의 영웅은 민족이라는 익명의 집단에 얼굴을 부여하는 역할"(신형기, 2003, p.20)을 한다. 이처럼 고려인들은 영웅을 현실로 불러들이는 것으로 저 자신의 정체성을 확인하고 위안을 받게 된다. 나아가 소비에트 체제 하에서 당당히 살아갈 수 있는 유구한 전통을 지닌 민족임을 과시하는 효과를 얻게 된다.

우선은 빨치산 투쟁 영웅을 형상화 한 시를 살펴보자. 이 시에서는 한말의 전설적 의병장이며 1920년 봉오동, 청산리 전투를 지휘한 무장항일전의 영웅인 홍범도를 현재로 호출해 자긍심을 드러

---

42) 강진구는 이런 양상에 대해 고려인들의 역사 복원 욕망으로 보고 있다. 강진구는 김세일의 장편소설 「홍범도」는 고려인 전체의 역사와 현재적 삶의 과정이 응축되어 있을 뿐만 아니라, 고려인들의 뿌리 찾기 과정을 상징적으로 보여준 고려인 한글문학을 대표하는 작품으로 보았다. 또한 이 작품을 통해 고려인의 역사에 대한 복원을 통한 모델 마이너리티로서의 정체성의 양상을 살피고 있다. 이명재 등. 앞의 책, pp. 251~278.

내고 있다.

　　나는 당신의 무덤앞에
　　머리 숙이고 말없이 섰나니
　　쓸쓸한 추도의 말로써
　　당신의 잠을 깨뜨릴가 저어함입니다

　　내 마음은 예전당신의
　　싸움터로 떠돌아다닙니다
　　전투의 쇠북은 멎은지 오래며
　　우리는 땅우에 행복을 창조합니다

　　조국땅은 보다 꽃피여가며
　　우리의 살림도 꽃피여가요
　　당신의 원혼으로 말미암아
　　이 땅은 더 부하며 아름답습니다

　　당신의 희망이 이루어져
　　당신을 표창하듯 활짝핀
　　봄동산의 꽃을 꺾어
　　나는 당신의 무덤앞에 삼가 올립니다

　　　– 김뽀뜨르, 「홍범도의 무덤앞에서」 전문(레닌기치, 1973. 5. 19, 문예페지)

홍범도는 죽었지만 화자의 마음속에는 여전히 살아남아 있다. "전투의 쇠북은 멎은지 오래"지만 우리가 살고 있는 이 땅에 행복이 가득하며 아름다울 수 있는 것은 홍범도의 "원혼"덕분이다. 살림이 나아지고 "이 땅은 더 부하며 아름"다울 수 있는 것 역시 이 때문이다. 심지어 봄의 꽃들 역시 홍범도를 '표창' 하기 위해 피어났다고 말한다. 따라서 이 시의 화자는 "활짝핀/봄동산의 꽃을 꺾어"무덤에 올림으로써 감사를 전하고 있다.

언제나 이 거리를 걸을 때마다
그 어떤 감정에 휩싸이더니
오늘따라 달빛마저 어스름하여
넘치는 생각을 걷잡을 수 없어라
그 어떤 고적지를 찾아온 듯이
두리번두리번 살피기만하니
지나간 오랜 일이 눈앞에 떠오르는 듯
머나먼 옛날의 전투하던 고장은
수천리 먼곳에 떨어져 있건만
장군의 이름 가진 거리가 있어
장군의 위훈은 여기에도 빛나더라

밤은 깊어 조용하건만
기적소리 이따금 들려오누나
장군의 구령소리인가

깊은 밤의 정적을 깨뜨리여라
구척의 키를 바라보려고
높이 천공을 치받아보니
뭉게뭉게 남쪽으로 날아가는 구름떼
구레나룻수염이 바람에 나붓기는 듯
장군의 면모가 눈앞에 떠오른다

신출귀몰하는 기묘한 방법으로
번개같이 날고뛰는 비상한 술책으로
삼수갑산의 우거진 밀림에서도
세찬바람 부는 만주벌에서도
쏘베트원동의 혁명투쟁에서도
원쑤들의 간담을 써늘케 한
의병장군의 빛나는 그 위훈
만인은 우러르고 력사는 기억한다
전적지마다에 전설이 있고
이 도시에도
장군의 이름 지닌 거리있으니
이 거리를 거닐 때마다
그이를 생각게 된다.

– 토사, 「홍범도 거리에서」 전문(레닌기치, 1979. 12. 12, 문예페지)

이 시에서의 화자는 홍범도의 거리를 걷고 있다. "구척의 키"를 가진 홍범도는 "신출귀몰하는 기묘한 방법"과 "번개같이 날고뛰는 비상한 술책"으로 "쏘베트원동의 혁명투쟁에서" "원쑤들의 간담을 써늘케 한" 인물로, 곧 신화나 전설에서 나올법한 영웅적인 인물로 그려지고 있다. 화자는 홍범도의 이름을 지닌 "거리를 거닐 때마다 그이를 생각"한다고 술회하는데 이는 일종의 동경과도 같다. 김현(1990, p.143)에 의하면 동경은 결핍을 전제로 한다. 결핍이 심하면 심할수록 동경 역시 강해진다는 것이다. 이렇게 볼 때 고려인들이 낯선 땅에서 살아남는 방식중 하나로 택한 것은 이처럼 대체영웅을 호명하여 자신의 결핍을, 자신의 뿌리 뽑힘을 반대 급부인 동경으로 표현하고 있는 것이다.

오늘에는 홰불같이 동에서 번쩍
래일에는 번개처럼 서에서 번쩍
세 나라 국경을 넘나들면서
자유와 평등을 찾으려
의병대 거느리고 사방으로 싸다니며
신출귀몰하던 기묘한 전술
간곳마다 원쑤의 간담이 싸늘케
뢰성병력으로 우르렁거리여
천하를 진동하던 보람찬 그 활동
장엄한 전투여, 빛나는 업적이여!

이산 저산을 뛰여넘으며

정의로운 투쟁에 몸바친 한생
홍범도장군의 찬란한 공훈은
전설로 빛나는 력사가 되었으니
사람들 가슴에 깊이깊이 간직되여
후대에 길이길이 전하여지려니
그대의 공적을 우러러흠모하여
당신의 후손들인 우리는 오늘
장군님의 거연한 동상앞에서
의젓이 머리숙여 절하나이다.

      – 리상희, 「홍범도 장군 동상 앞에서」 전문(레닌기치, 1985. 8. 17, 문예페지)

이 시에서의 홍범도 역시 앞의 시와 마찬가지로 신출귀몰한 전략과 비범한 능력을 지닌 정의롭고 완전무결한 영웅으로 그려지고 있다. 이때의 홍범도는 일반적으로 영웅을 형상화할 때 나타나는 온갖 양상을 다 지니고 있는 인물이다. 이때의 홍범도는 단순한 개인이 아니라 고려인들이 소비에트 체제의 공민으로 당당히 존재할 수 있음을 증명해주는 상징적인 기호라고 할 수 있다.

일본의 간첩이라는 누명을 쓰고 강제이주를 당한 고려인들은 낯선 땅에 버려지듯 내던져진 존재와 다름없었다. 뿐만 아니라 고려인들은 소비에트 당국의 부당하고 불합리한 조치에 아무런 항의도 할 수 없었다. 소비에트 당국의 거주지 제한 등 각종 억압은 고려인들의 생활을 더욱 어렵게 했다. 고려인들에게 거주지 제한에 관련한 공민증은 중요한 문제이다. 대부분 고려인들에게는 공민증이 없었는데 이러한 연유로 이들은 자연스럽게 이동할 수 없었으며 생활 또한 어려울 수 밖에 없었다. 또한 언제 어떻게 처벌을 받을지, 어디로 이주를 당할지 모르는 공포를 쉽게 떨칠 수 없었다. 고려인들은 이런 공포로부터 벗어나기 위해 줄곧 체제에 순응하는 모습을 보여준다. 뿐만 아니라 홍범도라는 영웅적 인물을 불러들여 자신들이 일제의 간첩이 아니라 조국과 동포를 사랑했던 애국자들이었다는 것을 확인하려고 한다. 이에 대해 강진구(2004, pp.266~267)는 "고려인들에게는 적국의 간첩이라는 굴레를 떨쳐버리기 위해 홍범도라는 영웅이 필요했던 것이다. 즉 고려인들은 영웅을 대체기억으로 호명하여 심리적 상처와 현실의 압박에서 벗어나려고 했던 것"이라고 해석한다. 이는 소비에트 사회에서 고려인들의 현재적 상흔을 상징적으로 보여주는 것이라고 할 수 있다. 결국 고려인들은 홍범도를 통해 지배계급 내에서의 열등감을 해소하고 자기 위안을 삼으려고 한 것이라고 읽을 수 있다.

> 치일리 구역 "선봉" 조합
> 선진 로인 계신데
> 금년인즉 환갑지난
> 분조장인 김만삼
>
> 사십여년 논판에서
> 찬물밟아 얻은 법
> 큰 살림에 행복주니

장하도다 김만삼

자기 지단 비단같이

걸음내고 피루어

높은 수확 얻어내니

모범하세 김만삼

꼴호스의 자랑이며

벼농사에 선수요

농업게에 이름있는

훈장받은 김만삼

– 태창춘, 「김만삼에게 대한 노래」 전문(박일 편, 1958, pp.344~345)

위의 시의 주인공 김만삼은 고려인 가운데 최초의 노력영웅 훈장을 받은 사람이다. "선봉"이라는 꼴호즈의 분조장인 김만삼은 환갑이 지난 인물로 "사십여년"동안 논일을 한 "벼농사에 선수"이다. 척박한 곳으로 강제이주를 당해 농사를 지을 수 없는 "찬물"을 끌어와 농사를 짓기까지 그가 했을 노동과 그가 받았을 고통은 이루 말할 수 없이 컸을 것이다. 화자는 "훈장 받은" "꼴호스의 자랑"인 그를 본받자고 말하고 있다. 당시 지배계급은 누구보다도 충성하는 소수민족인 고려인들을 다소 배려함으로써 사회주의 체제의 포용성과 우월성을 다른 민족에게 선전했고, 이런 충성의 대가로 몇몇의 고려인들은 노력훈장을 받았다. 지배질서에서 주는 노력훈장을 받는다는 것은 지배질서의 구성원으로 인정을 받는다는 것과도 같다.[43] 이는 일종의 신분상승이라고도 할 수 있다. 따라서 위의 시에는 최초의 노력훈장을 받은 김만삼처럼 지배질서 내의 구성원이 되고자 하는 고려인들의 욕망이 투영되어 있는 것이 분명하다.

고려인들이 이주된 중앙아시아 지역은 연해주와는 기후가 전혀 달라 여름에는 뜨겁고 겨울에는 추운 곳이다. 사막성 기후의 이곳은 물에는 염분이 많은 등 모든 것이 연해주와는 달랐다. 고려인들이 주로 정착한 곳은 우즈베키스탄의 아랄해로 흘러들어오는 아무다리야강 근처와 카자흐스탄의 발하쉬 호수로 들어오는 까라딸 강 부근 지역이었다. 이들 지역에 근접한 고려인들은 꼴호즈(집단농장)를 형성하고, 물을 끌어와 벼농사와 목화 재배에 성공하였다. 소련 내 각 민족 중에서 고려인들은 인구수에 비해 노력영웅들을 가장 많이 배출했다. 이것은 고려인들의 애국주의로 볼 수도 있지만 그 시기가 1940~1950년대로 스탈린이 지배했던 것을 고려했을 때 이를 단순히 애국주의로만 해석할 수는 없다. 고려인 노력영웅의 배출은 사회주의 이념의 내면화이기도 하지만 동시에 공포와 불안의 산물이라고도 할 수 있기 때문이다.

---

43) "구소련에서의 민족정책의 기조는 국제주의의 이름 아래 각 공화국의 민족주의에 대하여는 억압을 가하고 은밀하게 러시아의 헤게모니를 확립하는 데 있었다. 러시아의 헤게모니는 그러나 노골적으로 러시아 민족주의를 부추기는 방식에 의해서가 아니라 인구에 있어서나 경제력에 있어서 소련에서 최대의 구성을 차지하고 있는 러시아 각 민족들간의 교통이 가능한 국제어일 수밖에 없음을 강조하여 이를 통하여 러시아화하려 하였다. 이런 정책은 흔히 인민의 친화정책을 통하여 구현되었다. 그리고 최종 목적은 인민의 동화에 있다고 선포되었다" 권희영(1994). 러시아 민족주의의 특징. 정신문화연구, 55. p.105.

명성도 드높은

로력 영웅 리 류바

그대가 거둔 빛난 승리

온 나라에 널리 알려졌어라

해마다 봄이 돌아 오면

땅을 비단 같이 다루고

파종기 두둥실 떠다니며

한 점 두 점 알뜰히 심는다

야들야들한 싹들이 솟아 올라

누른 땅에 푸른 탄자 펼쳐지면

잡풀은 낱낱이 뽑아 내고

때맞춰 물 주고 거름 주네

줄기들이 와싹와싹 자라

키다리 밭곡식 장사가 되면

청초는 씰로쓰, 알은 창고에

올해도 큰 풍작 거두었네

많은 사람들이 배우러 찾아와

감사하다고 꽃묶음 안기며

나라도 그의 로력을 찬양해

사회주의 로력 영웅 칭호주었네

　　　– 박영걸, 「로력 영웅 리 류바」 전문(레닌기치, 1963. 3. 8, 문예페지)

리 류바는 우즈베키스탄 타쉬켄트주에서 옥수수 다수확 재배로 노력영웅의 칭호를 받은 사람 중 한명이다. "온 나라에 널리 알려진" 그는 마을의 자랑이기에 "많은 사람들은" 기쁜 마음으로 찾아와 꽃을 선물하고 그에게 농사짓는 법을 배우고자 한다. 이때 영웅으로 칭송받는, 즉 지배계급으로부터 인정을 받은 리 류바의 존재는 단순히 한 개인에 그치는 것이 아니라 그 마을을 대변하고 나아가 고려인 전체를 대변하는 사람으로까지 확대된다. 이런 노력영웅을 그려내는 것을 통해 화자는 심리적 위안을 삼고자 한다.

소련 공민증을 빼앗긴 고려인들은 중앙아시아에 정착하면서 새로운 신분증을 교부받게 된다. 이 신분증에는 거주지역이 명시되어 있어 당국의 허가 없이는 거주 지역을 벗어날 수 없었다. 특별한 생산수단을 소유하지 못한 고려인들에게 거주지 제한은 "결국 콜호즈에 묶여서 노동죄수로서의 생활"(권희영과 반병률, 2001, p.31)을 영위하라는 것과 다름이 없었다. 그들에게 탈출구라고는 공부를 하기 위해 도시로 나가는 길밖에 없었다. 그러나 그 길은 제한적이었고, 극소수의 선택된 사람들에게만 열려져 있었다. 고려인은 아무리 뛰어난 학생이라고 하더라도 러시아 모스크바에 있는 대학에 입학할 수 없었다. 스탈린이 사망한 1953년까지 대부분의 고려인은 거주지 이전은 물론 여행의 자유마저 박탈당한 채 유배지와 같은 생활을 하게 된다.[44] 따라서 대부분의 고려인들

---

44) 당시 고려인들은 공민증을 위조해 모스크바의 대학에 입학했다가 신분이 발각되어 쫓겨 다니면서 졸업했다. 고려인들은 취학 제한뿐만 아니라 국가기관 취업 봉쇄 및 은행 대출까지 금지당했다.

은 어떻게 해서든 각자 자신이 정착한 곳에서 삶을 영위하지 않을 수 없게 된다. 따라서 이 같은 삶은 고려인들로 하여금 당연히 성공이라는 강박관념에 시달리게 한다. 결국 고려인은 노력영웅이라는 칭호를 얻어 자신들의 존재를 알리고, 부각시키는 기형적인 삶을 살게 된다.

다음의 두 시는 모두 노력영웅으로 칭송받은 김병화라는 인물을 기리는, 같은 작가의 다른 작품이다.

안녕하십니까!
이 말은
이 인사의 말은
산사람이
산사람보고 하는 말

허나 세상 떠난 그대 앞에서
말없는 그대 동상앞에서
안녕하십니까

이 말은
이 인사의 말을 드림은
"영웅은 언제나 죽지 않는다"
그 말을 하도 믿고 싶어서입니다

정다운 그대의 대답 기다려

이렇게 오래도록 서있나니…

    – 맹동욱, 「2중영웅 김병화의 동상앞에서」 전문(레닌기치, 1977. 11. 16, 문예페지)

농사철이라

모두 일터로 나가고

거리는 텅 비였다

오고 가는 행인도 없고

반가워 손주는 사람없어도

그래도 정든 고향 온 듯

마음은 가벼워라

야릇한 감격속에

나는 꼴호스의 복판을 걸어가네

빈틈없이 창공에 솟은 가로수

아름답게 록색으로 단장하고

가벼운 봄바람에

우수수 머리 털며 신비롭구나

지난날

여기가 어디였더냐?

무인지경

모기 많다하여 모기산

대낮에 짐승이 날뛰던

진창이며 갈대밭

그 누가 이런 옥토로 가꾸었느냐

그 누가 미래의 행복심었더냐

그 언제

그 누구의 손으로

이 나무를 심었던가

그 누구의 고운 마음이

이 나무를 곱게 길렀던가

그 사람

살았느냐 죽었느냐?

저기 그늘밑에

뽈차는 어린애야

사랑을 속삭이는

두청춘 남녀

그 누구든지

아느냐 모르느냐

이 나무 무심히 지나가지 말라

모든 지난날 말해 주거니…

– 맹동욱, 「김병화꼴호스를 찾아서」 전문(해바라기, pp.187~189)

김병화는 우즈베키스탄 타쉬켄트 외곽 "북극성"이라는 농장의 회장이었다. 1947년과 1961년 두 번에 걸쳐 소련연방 최고회의인 간부회에서는 밀, 옥수수, 사탕무와 목화의 많은 수확을 거둔 농부들에게 사회주의 노력영웅이라는 지위를 부여하고 구소련 훈장을 수여했다. 김병화는 그때마다 경제와 문화 분야에 가장 높은 사회주의 노력영웅이라는 지위를 받았다. 1974년에는 그의 위대한 공로를 기려 농장과 수도의 거리 하나의 이름을 '김병화 거리' 라고 부르게까지 되었다. 이렇듯 당시 김병화는 고려인들 전체에게 깊은 존경을 받던 영웅이었다.

첫 번째 시의 화자 역시 산 사람에게 인사를 하듯 동상 앞에서 인사를 한다. 이는 "영웅은 언제나 죽지 않는다"라는 믿음으로 김병화의 죽음을 인정하지 않고 행위인 것이다. 그 다음 시에서도 역시 김병화는 죽었으나 살아 있는 인물로 묘사되고 있다. "진창이며 갈대밭"을 "옥토"로 가꾼 김병화가 있었기에 화자는 "반가워 손 주는 사람 없어도/그래도 정든 고향 온 듯"한 느낌에 마음이 가벼워지는 것이다. 마을의 모든 것들은 김병화의 "지난날을 말해주는"것들이다. 이런 칭송의 방식은 곧 김병화의 업적과 사상, 그리고 이름을 영구화하기 위한 것이다. 다른 신분상승의 출구가 막힌 상황에서 '노력영웅' 이라는 명예로운 대체기억을 불러옴으로써 나름대로의 삶을 개척하려고 한 고려인들의 모습을 볼 수 있는 시이다.

이 외에도 지배질서의 이념과 정책을 철저히 실천하는 인물을 설정하는 시가 있다. 주제를 정한 다음 긍정적 인물을 영웅을 부각시키고 그 중에서도 주요 인물을 영웅화해 집중적으로 살려내는 방법이다. '그', '너', '그이들', '분조장', '처녀', '뜨락또르 운전사', '꼴호즈 청년' 등 이름 없는 인물들을 주인공으로 설정하고 부각시키는 시들을 확인할 수 있다. 뿐만 아니라 농촌과 공장 같은 노동현장에서 열심히 일하는 인물들을 찾아 이를 긍정적으로 형상화하는 시도 찾아볼 수 있다. 대중 속의 평범한 인물들을 설정한 뒤 긍정적 인물로 부각시켜 이들을 혁명 수행의 선봉자로 삼는다. 이런 유형의 시에서는 내용이나 형식이 비슷한 경향을 보인다. 하지만 이런 유형의 시를 통해 고려인들은 자신의 정체성을 확립하려는 의지를 반영하는데, 이는 무엇보다 생존을 위한 위장의 측면이 강하다. 나아가 시에서의 이런 인물들은 고려인들에게는 일종의 보호막 역할을 한다.

모든 송가(頌歌)는 특정 대상의 덕을 기리는 효과를 극대화하기 마련이다. 송덕에는 일반적으로 세 가지 조건이 요구된다(알라이다 아스만, 변학수 등 옮김, 2003, p.75). 첫째, 위대한 행위, 둘째, 그 치적에 대한 기록, 셋째 후세의 추모가 그것이다. 또한 영웅의 행동이나 일생을 찬양할 뿐만 아니라 권력자를 찬양하는 방편으로 활용되기도 한다. 위에서 살펴본 바와 같이 영웅적 인물을 형상화한 송가 형식의 글들은 지배 주체의 이념과 정책을 따르는 고려인의 의지를 가시적으로 보여주는 문학적 행위라고 해야 마땅하다. 이는 동일화를 표방한 일종의 전략이라고 할 수 있다. 페쉐에 의하면(다이안 맥도넬, 임상훈 옮김, 1992, p.53) 동일화는 그들에게 주어진 이미지에 '자유롭게 동의하는' '선한 주체'들의 양식이다. 따라서 고려인

이 취한 방식은 소련의 강요에 '자유롭게 동의하는', 즉 '선한 주체'
로 보이려고 하는 일종의 위장이라고 해야 옳다. 당시는 무엇보다
살아남는 것이 절실했기 때문이다. 이런 상황 속에서 생존 전략의
하나로 삼은 것이 모방이나 동일화의 가시적인 표방이고, 그것을 반
영해 송가 형식의 시가 나타난 것이다.

소비에트라는 지배계급 하에 살아가는 소수민족인 고려인의 위
와 같은 시들은 지배질서의 주류가 될 수 없는 주변인이 처한 삶의
한 방식을 익히 반영하고 있다. 주변인이란 주지하다시피 오랫동안
소속되었던 집단에서 다른 집단으로 옮겼을 때, 원래 집단의 사고
방식이나 행동양식을 금방 버릴 수 없고, 또한 새로운 집단에도 충
분히 적응되지 않은 사람을 말한다. 이는 신체적 성질, 언어, 의복,
습관 등의 차이에서 발생한다. 이런 측면에서 지배질서로의 편입을
갈망하는 동일화와, 대체기억을 설정하고 있는 고려인의 시는 언어
의 이면에 절실한 생존욕망을 포함시키고 있는 위장의 노래라고 할
수 있다. 따라서 이런 과장된 억양과 포즈의 시들은 강요된 모방에
가려진 고려인의 내면의식을 역설적으로 드러내주는 것이라고 할
수 있다.

2. 지배질서에 대한 부정

영국이 본격적인 제국주의 전략의 하나로 이용한 식민 문학은
자국의 문화적 재산에 대한 편리한 견해로 무장함으로써, 피지배

공간에 대해 문화적 우월성과 함께 교육이라는 명분하에 식민 지배를 용이하게 할 수 있는 은유적인 체계였다. 즉 식민 문학은 지식과 가치체계를 문학이라는 텍스트를 이용하여 식민지배 시스템 안으로 끌어들임으로써 고정된 타자를 향해 호명하는 방식을 취하게 된다.

식민 문학이라는 문화적 가치를 통한 식민화과정은 피식민자들에게 지배 텍스트 읽기라는 정신적 폭력을 가함으로써, 식민화된 주체로 자신들과 동일화시키거나 혹은 영원히 타자의 위치로 내몰아 간다. 식민지배자들의 이러한 텍스트를 통한 동일화 과정은 그들의 지식과 교육 과정상의 내용에 의해서만 가능하기 때문에 지배언어를 교육 시스템에 도입한다. 이러한 교육 방법은 전형적인 계몽주의 형태를 띤다. 즉, 피식민지배 공간 안에 머물러 있는 피지배자들을 미성숙한 인간의 형태로 보고 성숙한 인간으로 완성하기 위해서는 지배언어 교육이 필연적이라 보는 것이다. 이에 대해 사이드는(박홍규 역. 1991. p.112) "서구 문학의 본래적 우월성은 오리엔트 교육계획을 지지하는 위원회 구성원들이 완전히 인정한 사실이다.-내가 믿기로는, 산스크리트어로 수합되는 모든 역사적 정보라는 것은 영국의 예비학교에서 쓰이는 보잘 것 없는 축약판들에서 발견할 수 있는 것보다 더 가치가 없다고 말하는 것이 결코 과장은 아니다."라고 말한다. 결국, 식민 문학이라 하는 것은 피식민자들의 특수하고도 고유한 언어와 텍스트를 말살하고 제국주의 식민 문학 우월성의 가치를 더욱 돋보이게 만든다. 즉 식민주의적 태도를 합리화하여 유통시키고 대중화시킴으로써 제국에 대한 피식민지인들의 부정적인 생각을 통제하거나 동의에 의한 통치를 확보하는데 기여했다.

억압된 주체는 이념에 동일시되기도 하지만 경계선을 지키는 지배질서 이데올로기에서 벗어나고자 하는 양상을 지니기도 한다. 탈식민주의가 의미를 가지려면 "(신)식민지 현실 속에서 정신의 탈식민화를 실천하기 위한 저항의지의 표현"(이경원, 2001. 6, p.10)이 드러나야 한다. 이러한 저항의지의 측면에서 보면 고려인 시문학에 나타나는 탈식민성은 지배질서에 대한 부정으로 정리할 수 있다. 이는 다시 세 가지 양상으로 나뉜다. 첫째, 실제 기억의 복원으로, 그동안 금기시되어왔던 강제이주에 관련된 기억을 호명하는 것이다. 둘째, 현실의 공간이 결핍의 공간임을 인식하는 것이다. 다른 하나는 모국어에 대한 중요성을 인식하는 것이다.

1) 강제이주에 관련된 기억 복원

고려인 시문학에서 살펴 볼 수 있는 지배질서에 대한 부정은 억압되어 왔던 실재 기억을 호명하는 것으로부터 시작된다. 이러한 행위는 억압과 숨김의 상징계로부터 벗어나고자 하는 일탈의 한 양상으로 볼 수 있다. 일탈은 흔히 어떠한 일상적·항시적인 상태를 벗어나는 현상 또는 어떠한 조직이나 단체에 동일하게 적용되고 있는 규범적이고 제도적인 범주에서 어긋나는 행동이나 사고를 말한다(장상희 등, 1986, p.35). 이는 그 자체가 새로운 삶을 지향한다.

나는 화물차에 실려오다 길도중에 남은

수천의 주검우로 울려퍼지는

크낙한 한마디 소리없는 비명입니다

나는 이역에서 죄없이 욕을 본

모든 성인들과 채 차지 않은 나이에

애처롭게 꺼져버린 넋들입니다.

나는 황량한 벌판에서도

서로 부축해주며 사랑해왔고

삶의 희열 버리지 않은

착한 겨레—당신들의 후손입니다

묻노니,

정녕 언제인가 여기는

심술궂은 벌바람에

갈숲만 울부짖었고

들쥐들만 달맞이하던

무인지경이었단말입니까?

그런데 어째서 어떻게

박우물 하나 없던 여기에

오솔길마저 없던 여기에

조선마을이 생기였고

논밭이 일쿠어졌단말입니까?

오늘도 당신들은 대답이 어려워

두리만 살피노니…

.오, 지나간 나날이여!
공순히 그이들을 풀어노달라
나무움도 해를 믿고 벌어지고
구렁물도 창파를 희망하는법이다.
지나간 나날이여!
너는 무슨 일을 저질러놓았는가?
붕대안에서도 상처는 아물지 않고
요사스러운 마귀로
간에도 붙고 섶에도 붙노니…
지나간 나날이여!
공순히 우리를 풀어놔달라!
세월은 송림이 아니여서
너의 많은것은 오늘
번개불로 금그어졌어라!

이상분들이여,
실로 당신들은 오래오래 말하는 벙어리였고
순종의 번민속에 괴로웠습니다.
차디찬 녹쓸음에 묻히여
인사불성이기도 하였습니다
조심과 공포의 껍질이기도 하였고

뻔한 리치로만 둘러쌓이여

제 궁리는 있어서도 없어야 하였습니다

뉘의 입과 눈치만 바라보아야 하였습니다

때로는 분개와 의심이 있어서도

제 마음은 달랠망정 한마디 불평은 없었지요

그러기에 가슴이 터질 듯

비좁은 화물차칸 검불우에서

어지러운 꿈자리 보면서도

신념과 의지만은 뜨거워

고달픈 몸을 싣고

허망천리 또다시 떠나왔다지요?

한줄기 생의 빛발

여기로 가져왔다지요?

메마른 벌판에서

굶어죽는 한 있어서도

씨앗만은 베고 세상을 떠나갔고

밭이랑에서 몸을 풀면서도

신음소리 하나 내지 않은

참을성많은 당신들이였기에

새 힘을 얻어 목적을 보았고

빈땅을 밟으면서

떳떳이 일떠선 겨레들이였습니다

그러기에

정직하라고 당신들이 타일러

우리는 정직하였습니다

정직한 사람은

겸손하게 산다하여

겸손하게만 살아왔습니다

부지런한 사람만이

행복을 찾는다 하여

제 말과 풍습마저 홀시하면서

산다느니보다

일만 꾸벅꾸벅 하여왔습니다

당신들의 이 상속을

우리 후손들도 받아줄런지요?

– 원일, 「상속」 전문(레닌기치, 1989. 5. 23, 문예페지)

앞에서도 언급하다시피 1937년 강제이주 이후 소비에트 정권은 고려인들로 하여금 '강제이주, 연해주, 민족'과 관련된 어떠한 발언도 허용하지 않았다. 고려인들은 애써 강제이주에 관련된 기억들을 지워야 했다.

위의 시에서 화자는 그동안 대체 기억으로 부인되었던 "무인지경"의 공간으로 강제이주를 당한 고려인들의 비극적인 삶을 처절하게 그리고 있다. 고려인들은 "황량한 벌판에서도/서로 부축해주며 사랑"한 '착한 겨레'들이다. 그들은 그러나 "오래오래 말하는 벙어리"이자 세상에 대해 "분개와 의심"이 있어도 불평을 할 수 없는 존재들로 살아야만 했다. 그들의 움직임을 바라보는 (바라보고 있다고 그들이 생각하게끔 만드는)감시자가[45] 있기 때문이다. 그렇기 때문에 "두리(주의)만 살피는" 존재일 수밖에 없다. 이들은 행복한 삶을 위해 "꾸벅꾸벅" 일만 하면서 "제 말과 풍습마저 홀시하면서" "겸손하게만 살아"왔다. 그러나 "뉘의 입과 눈치만 바라보아야" 하는 이들은 지배질서에 의해 정렬된 우월과 열등, 중심과 주변, 주인과 하인의 규칙 안에서 종속된 상태로 감금되어 있었다. 화자는 "당신들의 이 상속을/우리 후손들도 받아줄런지요?"라고 되물으면서 제국의 억압적 강제와 상징의 틀에 순응적 주체로 살아온 그동안의 날들이 잘못된 것임을 인식하고 "지나간 나날이여!/ 공순히 우리를 풀어놔달라!"고 부르짖는다.

일인칭 서술자에 의해 표현된 이 작품은 화자의 자서전적 성격 및 고백적 성향이 짙어 서술자의 내면세계를 보여 주기에 적절한 서간체 형식으로 되어 있기 때문에 언술 주체가 능동적으로 사건을 서술, 분석, 해명하는 방식을 따른다. 따라서 주체의 일방적인 서술 내용을 독자는 수동적으로 받아들이게 되면서도 거리가 밀착되어 있어 화자의 심리를 보다 더 잘 이해할 수 있다. 이로써 화자

---

45) 식민지배자는 피식민지인을 감시, 훈육, 통제, 처벌함으로써 자신의 명령과 권위에 순응시키려 한다. 이를 정당화하기 위해 식민지인의 후진성과 야만성을 부각시킨다. 이런 '정형화하기' 는 일방적이고 배타적이며 선별적, 자의적으로 식민담론을 구성한다. 예를 들어 원형감옥 내에서 감시자(식민지배자)는 유리한 조망권(특권과 힘)을 갖는다. 전후좌우, 사방팔방 모든 각도에서 죄수들을 관찰하고 감시한다. 유리한 위치에서 죄수들(식민지인들)의 모든 움직임을 바라보는 것은 감시자에게 권력을 부여한다. 박성종. 앞의 책. pp.53~43.

는 신뢰성을 갖게 되는 것과 아울러 서술 내용에 사실성이 더욱부여 된다. 특히 이 작품에서의 일인칭 시점은 작가의 목소리와 종종 중첩되기도 하는데, 이는 작가의 의식을 더욱 강하게 표출하는 기능으로도 작용하고 있다.

연성룡은 강제 이주 시 상황을 아래와 같이 말한다.

> 우리는 짐승들을 싣는 화물열차에 실려 떠났다. 무슨 죄로 또 어디로 가는지 알지도 못하고 떠났다. 소변 볼 데도 없고, 대변 볼 데도 없고, 세수할 데조차 없는 그 더러운 차 속에서 맨 장판에 뒹굴며 한 달 두 달 가는 동안에 얼마나 많은 노인들과 어린애들이 죽었는지 헤아릴 수 없다. 자식들은 돌아가신 부모들을 어느 곳인지 알지 못할 정거장 철도 둑에 파묻었고, 부모들은 죽은 자식들을 껴안고 통곡하며 그 어느 정거장인지 알지 못할 철도변에 파묻었다(이정남 등, 1994, p.24.).

위와 같이 강제이주 당시 처절한 기억을 지닌 연성용은 장편 서사시 「오, 수남촌」이라는 시를 통해 고려인들의 강제이주 전 후의 과정을 생생하게 그리고 있다.

> 오, 수남촌, 수남촌아!
> 언제나 잊지 못할
> 고향마을아!
> 내 심은 수양버들은

얼마나 컸느냐?
정깊은 너를 두고
떠나온 그때-1937년!
쓸쓸하기도 하였다.

(…중략…)

어지러운 화물차에 올라앉아
쓰라린 가슴 억누르며
우울한 바퀴소리,
사나운 기적소리
잠자코 들으며 떠나오던 그날…
어디로 가는지,
무엇하러 가는지?…
정처없이 떠나왔어라…
하루, 이틀, 한달, 두달…
가는 길 하도 멀어
날짜조차 잊어졌다.

한밤을 자고나면
백령감이 돌아갔고
또 한밤 지나고나면
나어린 꼴랴가 죽었다.

(…중략…)

이렇게 사람들은

카사흐쓰딴, 중아시야초원으로 강제로 실려왔다.

무인지경 벌판에로 실려왔다.

무인지경—

바람에 울부짖는 갈밭,

그 갈밭속엔

메돼지가 판을 쳤고

뱀이 욱실거렸다

밤이 되면

승냥이도 울었다

실상 그것이 생지옥이였다,

오, 1937년! 강제이주!

(…중략…)

이틀 살길을 더듬으며

학교를 열었고

대학도 열었다

신문잡지를 발간하고

자녀들을 교양하였다

극단, 가무단도 조직하였다

제 글로 시를 짓고
노래도 부르며
겨우 사람처럼
살아나가게 되었건만…

우리도 그때, 국내전쟁때
쏘베트 정권을 위해
힘을 다해 피흘리며 싸웠건만…
불현듯 이것이 왠 일이냐?
청청하늘에서 벼락이 치듯
머리우에 떨어진 불덩이!
무엇때문이냐, 누구때문이냐?
1937년, 강제이주!

그러나 생의 욕망
크고도 강하다
칼을 베여 막을 치였고
풀뿌리로 목숨을 이어갔다.

엄마, 엄마,
나는 배고파요!
발버둥질하며 우는 아이들,
기아에 시달려

일어나지 못하는 늙은이들!

엎친데 덮치기라고
학질, 리질
갖은 질병은 다 침노하여
수없이 사람들은 죽었다.
오, 생각할수록
기막히던 그때, 1937년!

(…중략…)

오, 저주한다,
스딸린의 개인숭배!
수만의 무죄한 사람들을
살해한 그 죄악!
대대로 잊지 못할,
용서치 못할 죄악!!!

– 연성용, 「오, 수남촌」 부분(레닌기치, 1989. 11. 29, 문예페지)

고려인들 사이에서 강제이주라는 거대한 사건은 잊고 싶은, 그러나 잊을 수 없는 '악몽'이었다. 그것은 또한 한반도와 연해주라는 공간, 그리고 그곳에서 보낸 시간을 기억 속에서 지워버려야만 하는 사건이기도 했다. 따라서 앞장에서 살펴본 바와 같이 시작품

속에서 강제이주에 대한 기억은 억압된 채 대체 기억으로 표현되는 경우가 대부분이었다.

위의 시에서 화자의 인식은 "수남촌아!"라고 고향을 호명하는 것으로부터 시작된다. 집 앞에 심어놓은 수양버들을 기억해내면서 공간적 인식은 시간성으로 전환된다. 이때 나무는 과거에서 현재로 이어지면서 공간과 시간을 이어주는 매개체이다.

화자는 스탈린의 '용서할 수 없는 죄악'으로 인해 "텅빈 빈 집들/열어제낀 창문들"을 남겨놓고 배웅해주는 사람 하나 없이 급하게, 고향을 떠나는 화물열차에 오른다. 어디로 무엇 때문에 가는지도 모른 채 "한밤을 자고나면/백령감이 돌아갔고/또 한밤 지나고 나면/나어린 꼴랴가 죽"어가는 비참한 현실을 겪으며 마침내 "카사흐쓰딴, 중아시야초원으로/강제로" 실려와 시작된 고려인들의 생활은 "기막"힌 "생지옥"이었음을 밝히고 있다. 아이들과 노인들은 배고픔에 죽어가고 "학질, 리질/갖은 질병은 다 침노하여/수없이 사람들은 죽"어 갔다. 강제로 기차에 실려온 곳은 "무인지경 벌판"으로 갈밭에는 멧돼지와 뱀이 우글거리는 공간으로 사람이 도저히 살 수 없는 곳이다. 그러나 고려인들은 살아야겠다는 마음으로 "칼을 베여 막을 치였고/풀뿌리로 목숨을 이어"간다. 화자는 고려인들의 "생각할수록 기가막힌" 1937년에 대해 구체적으로 밝히며 강제이주를 감행한 스탈린에 대해 "무죄한 사람들을/살해한 그 죄악!/대대로 잊지 못할,/용서치 못할 죄악"을 저지른 자라고 서슴없이 말한다.

다음의 작품에서도 오랫동안 억압되었던 강제이주와 관련한 고려인의 서글픈 역사를 읽을 수 있다.

허줄한 짐짝처럼 내던진
화물렬차에 실려왔다.
어디로 가는지,
방향도 모르고…
어째서 가는지,
알길이 없었다.
서른밤 서른낮을 꼬박 졸면서…
기차가 멎은 곳은
나무 한 대 볼 수 없고
갈대만이 무성한
중아시야의 허허벌판

늙은이는 병들고
애들은 더위에 허덕였다
벌판을 누비며 불어오는 바람에
녀인의 치맛자락 날렸다

〈잉기가 어딤둥
잉게서 어떻게 살겠음둥?〉
한숨섞인 사투리가
구슬프게 모래속에 묻혔다.

천막을 치고

땅을 갈았다

갈대를 베고 수로를 팠다

벼씨를 뿌리고 눈물을 떨구었다.

무심한 세월이 남기고 간 세월에

지금은 꽃피고

벼이삭 설렌다

허나

그 누구도

비운의 력사를 말하지 못했다.

다만

천산에 쌓인

태고의 백설만이

고려인의 반세기를 알고 있었을뿐…

인간은 뒤돌아보는 능력 때문에 현재의 상태에서 벗어날 수 있다. "뒤돌아봄은 인간 이성의 존재 방식으로, 인간이 유일하게 의지할 수 있는 힘의 원천이다. 뒤돌아봄으로써 과거의 나는 현재의 나를 되비출 뿐만 아니라 그것은 현재의 나를 새로 살게 만드는 행위(유헌식, 1999, p.208)이다. 뒤돌아보기'는 '잊지 않고 돌이켜 보기'라는 뜻에서 일반적으로 '기억'과 같은 의미를 지닌다.

위의 시에서는 강제이주 당시의 상황과 이주 직후의 실상에 대해 자세히 말하고 있다. "허줄한 짐짝처럼 내던진/화물렬차에 실려" "어디로 가는지,/방향도 모르고…/어째서 가는지,"도 모르고 "서른밤 서른낮을 꼬박 졸면서" 도착한 그곳은 "갈대만이 무성한/중아시야의 허허벌판"이었다. 그곳에서 "천막을 치고/땅을 갈고/갈대를 베고/수로를 만들"어 농사를 짓기 시작했다. 그러면서 "늙은이는 병들고/애들은 더위에 허덕"이는 삶을 살았다. 시간이 흘러 그 땅에는 꽃이 피고 벼이삭이 출렁이지만 "그 누구도/비운의 력사"에 대해 말하지 못하며 살았던 시절임을 밝힌다.

프란츠 파농(프란츠 파농, 이석호 옮김, 1998, p.53)은 『검은 얼굴, 하얀 가면』에서 흑인이 '깜둥이'라는 말에 의해 문명화되지 못하고 개화되지 못한 존재로 추락한다고 주장한다. 즉 흑인의 육체에 각인된 검은 피부는 그들 스스로를 열등한 존재라 생각하게끔 만들며 스스로 타자화 시키는 것이다. 이처럼 식민 질서에서 피식민지인의 몸은 언제나 훼손될 위험에 처해 있으며 상흔을 지닐 수밖에 없다. 또한 제한된 사고와 활동만이 허락될 뿐이다.

소비에트 지배체제 아래 고려인은 억압적 대상으로 규정된다. 따라서 그들에게는 자유롭게 말하기, 자유롭게 행동하기, 자유롭게 기억하기란 불가능하다. 이러한 상황에서 금기되어 온 역사에 대해 말하는 것은 지배질서 안에서 억눌린 주체가 보여주는 일종의 상징계에 대한 거부의 몸짓이라 할 수 있다.

양원식의 다음 시에서도 이러한 양상을 찾아볼 수 있다.

알아보았노라, 이 생활을

못 알아보기엔 너무나도 험했던 생활

나는

기나 긴 간난신고의 길가에서

황량한 시베리아 벌판에서

억울한 중상, 추방을 당하고도

공손히 떠나오다 숨이 졌고

죄없이 피살된 어른들,

피기도 전에 애처롭게 꺼져버린 어린이들

수만겨레들의 넋이기도 합니다

나는

하나님 앞에 손이 닳도록 빌고 빌어서도

끝내 구원은 못 받은

소리 없는,

그러나 크나 큰 비명이기도 합니다

(…중략…)

바로 그이가

갖은 고통 겪어온 세대의 살아남은 전형…그러나 노인님,

오늘엔 또 무엇이 염려되어

조심스레 그리도 둘레를 살피십니까?

오, 지나간 나날,
어둠의 장막이여!
공손히 우리를 풀어놔 달라

(…중략…)

하물며 사람이야
자유를 왜 원하지 않으랴
지나간 나날이여
무슨 일을 너는 저질러 놓았는지
붕대 밑에서도 상처는 아물지 않고

(…중략…)

손위 세대들이여! 실로 그대들은
오랫동안 말할 줄 모르는 벙어리로
돌담 안에서 질식하며
순종의 번민으로 괴로웠습니다

(…중략…)

조심과 공포의 껍질이기도 했고

뻔한 이치로만 둘러쌓이여

제 궁리는 있어도

없는 척 해야 했습니다

뜻밖에 바로 옆에

살인귀들이 있을까봐

　　- 양원식, 「우리의 상속은」 부분(2002, 카자흐스탄의 산꽃, pp.26~31)

　식민주의에서 피식민자들은 문명의 세례를 통하여 순응적인 주체로 만들어지고 문명의 가면을 쓴 식민자들은 지배를 정당화하려 들며 그들을 포섭하려 한다. 상위주체들의 일방적인 시선만 열려 있는 상태에서 하위주체가 자기 중심적인 주체의 시선으로 본 것들에 대해 언급을 한다는 것은 제국주의의 억압적 강제와 상징의 틀로 이미 제시되었던 고정관념을 깨는 것과 다름없다.

　이 시에서 화자는 강제이주를 소재로 하여 낯선 이국땅에서 고통스럽게 살아온 고려인들의 삶에 대한 기억을 불러와 이를 통해 역사적 사실을 증언하고 있다. 당시 고려인이었다면 누구도 예외일 수 없었던 그들의 삶은 "못 알아보기엔 너무나도 험했던 생활"이었으며 강제이주시에도 아무런 반항이나 저항 없이 "공손히" 추방을 당했다. "죄 없이 피살된" 고려인들은 "수만겨레들"의 한맺힌 "넋"이라 할 수 있다. 따라서 그들을 죽이고 내가 살아남았다는 죄의식을 갖게 된 나는 "하나님 앞에 손이 닳도록 빌고 빌"었지만 "끝내 구원"받지 못한 죄인이다. 그러나 강제이주 당시 살아남아 여전히 논일에 여념이 없는 "갖은 고통 겪어온" 노인조차 오랜 시간이 지났음에도 불구하고 "둘레를 살"피느라 마음놓고 일을 하지 못한다. 그 이유는 이어지는 시행에 나와 있다. 바로 "뜻밖에 바로 옆에 살인귀들"이 있을까봐 늘 주위를 살피고 경계를 주시하며 살아야 했기 때문이다. 주지하다시피 고려인들은 자신의 이야기를 마음 놓고 할 수 있는 삶을 살지 못했다.[46] "오랫동안 말할 줄 모르는 벙어리로/돌담 안에서 질식하면서" 살아야 했다. 이러한 상처들은 오랜 시간이 흘러도 잊혀지거나 낫지 않는다. 따라서 화자는 "붕대 밑에서도 상처는 아물지" 못하는 우리들에게 이제 그만 "공손히 우리를 풀어놔 달라"고 말한다. 이제 진정한 자유를 달라고 말하는 것이다.

프로이트는 기억은 망각되는 것이 아니라 무의식의 창고에 숨겨져 있다며, 은폐기억이 있음을 주장한다. 따라서 망각은 기억의 반대가 아니라 오히려 기억의 한 형태로 해석할 수 있다. 쾌락원칙에 지배되는 인간은 현재의 기억들이 자신을 불쾌하게 만들면 그것들을 재빨리 망각이라는 이름으로 무의식에 저장한다. 망각의 형태로 불리는 은폐기억들은 억압과 반복, 자리바꿈, 전이 등의 다양한 형태로 저장되거나 나타난다. 이러한 것들은 현재의 상황이 달라져 다시 호출할 상황이 되면 망각의 이름 대신에 기억의 형태

---

46) 박명진은 고려인들을 히틀러 통치하 체코 프라하의 거대한 '게토'에 유폐된 소수민족에 가깝다고 말한다. 히틀러가 유태인을 유럽 지역에서 완전히 제거하려는 '인종 말살 정책'을 펼쳤다면, 스탈린은 고려인들을 '가스실'에서 살해하기보다는 아예 '소비에트인' 화 하려고 했던 것이다. 이명재 외. 앞의 책. p.323.

로 다시 복원된다. "제국의 몰락 이후에도 식민 헤게모니는 잔존"
(더글러스 로빈슨, 정혜옥 역, 2002, p.41)한다고 할 때 이러한 억
압된 기억의 복원 행위는 현재 상황의 굴레로부터 벗어나기 위한
안간힘이자 소극적이나마 탈식민적 저항성을 지니고 있다고 볼 수
있다.

　　　우리는 새 땅에 살아요
　　　우리의 조상들이
　　　꿈에도 생각 못 하던
　　　거칠던 벌판에 살아요

　　　억만년 다져지고
　　　억만년 굳어진 땅을
　　　레닌당이 준 보습으로
　　　갈아 번지고 살아요

　　　뜨락또르 보습날에
　　　뒤집힌 기름진 땅 속에
　　　행복의 씨앗을 심으는 때
　　　우리는 거룩한 희망에 살아요

　　　굴삭기의 커다란 바가지
　　　흙을 파 던지면

운하 되고 생명수 흐르는 때

우리는 더 없는 기쁨에 살아요

우리 밟고 나간 발자국에서

황금 오곡이 무르녹고

아름다운 꽃향기 풍기는 때

우리는 새 땅을 노래하며 살아요

낮이면 일터에서 웃음 소리 울려 오고

밤이면 사랑 노래 들려을제

우리는 행복을 느끼며 살아요

　　－ 김세일, 「우리는 새 땅에 살아요」 전문(레닌기치, 1966. 10. 30, 문예페지)

화자는 "레닌당이 주신 보습"으로 "억만년 다져지고/억만녀 굳어진 땅을 갈아번지고" 새땅에 터전을 만들어 살고 있지만 그 굳은 땅은 "조상들이/꿈에도 생각 못하던" 곳으로, "거친 벌판에"살고 있는 화자의 생활은 그만큼 척박함에도 불구하고 "행복을 느끼며 살"고 있다고 말한다. 이는 불행한 과거를 극복하고자 하는 일종의 자기 암시라 할 수 있다. "행복의 씨앗을 심"고 "거룩한 희망"을 품고 살아가고 있다고 끊임없이 자기암시를 하게 된다. 이는 우회적으로 강제이주와 관련한 고려인들의 불편한 심정을 노출하고 있는 것이다.

　이렇게 지배체계로부터 망각을 강요당한 부인된 기억이자 자신에게 불리한 기억들, 어느 누구에게도 발설해서는 안 되며 심지

어는 망각하기 위해 몸부림쳤던 그러한 기억들을 하나 둘 복원함
으로써 고려인들은 스스로의 민족적 정체성을 찾기 시작한다. '기
억 찾기란 곧 민족 찾기'(고자카이 도시아키, 방광석 옮김, 2003,
p.37)라고도 할 수 있다. 이는 현실의 공간이 결핍의 공간이라는
것을 인식하고 표출하는 양상과 이어진다.

  2) 결핍의 공간 인식

  루카치는 신이 살던 세계는 행복했다고 말하며 이때를 두고
"천공의 불빛과 내면의 불꽃이 서로 뚜렷이 구분되었지만 서로에
대해 결코 낯설어지는 법이 없는 그 자체로 완결된 서사시의 시대
였다. 그러나 신이 떠나버리고 신이 살던 시대의 여명만으로 자신
의 길을 찾아가는 시대, 총체성의 세계가 파괴되고 다양한 개별적
삶만이 존재하는 시대"(게오르그 루카치, 반성완 역, 1989, p.29)
라 했다. 이렇게 봤을 때, 문학은 버림받은 시대의 서사시이고, 선
험적 고향이라는 기표를 잃어버린 인물들의 고향 찾기를 기록한
결과물이라 할 수 있다.
  강제이주 후 지배계급과의 동일화를 통해 정체성을 찾고자 한
고려인들은 부단한 노력을 하지만 자신들이 지배계급과 같아질 수
없다는 사실을 인식하기에 이른다. 따라서 이에 대한 거부의 방식
으로 지배질서에 대한 부정과 저항의 양상을 보인다. 강제이주에
관련된 기억의 복원과 마찬가지로, 현실 공간이 결핍의 공간이라
는 것을 인식하기 시작한 것이다. 결핍은 대부분 몸이 떠나오는 데

서 오는 것이기 보다는 공간 안에서 심리적인 충족감을 갖지 못하
는 데서 온다.

아, 여기에도
봉선화 울밑에 피였구나
밤이면 우리 누나
꽃잎 뜯어 손톱마다 물들이곤
나에게 붉은 손톱 자랑하던
흘러간 그날이여!

봉선화 꽃잎 속에 어려오는
누나의 얼굴!
잊혔던 그 세월 살아나는 듯

아, 여기에도
추억 깊은
누나의 꽃 피였구나
아직 봄은 아니어라

산야의 백설이 덮였으니
봄이라 말하기 이르거니
허나
눈 속에서 봄풀은 솟아나고

얼음 밑에서 조잘대는 물소리

처마에 달린 고드름에

떨어지는 물방울

새 계절을 아뢰는데

봄은 추위를 밀어버리며

마음 속에 맴돌고 있다.

- 박현, 「봉선화」 전문(고려일보, 1996. 3. 8, 문예페이지)

시 속 화자는 "봉선화" 꽃잎을 보며 누나를 떠올리고 자연스럽게 "잊혔던" 시간들의 기억을 불러들인다. 여기서 주목할 점은 "잊혔던"이라는 단어이다. '잊다'의 피동사인 이 단어는 다분히 강제성을 지니고 있다. 이는 누군가로부터 잊도록 강요를 당했다는 것을 의미한다. 그러나 "잊혔던" "흘러간 옛날"을 불러들인 지금은 "봄"이 부재한 시대이다. 봄은 있되, 마음 속에만 존재하는 시절이다. 흘러간 옛날은 누나와의 따뜻한 기억이 존재하는 충만한 시간이다. 반면 지금 '여기'에도 봉선화는 피었으나 '아직 봄'이 아니다. 생명이 소생해야 하는 "봄"임에도 불구하고 풍요로움을 상실한 지금은, 눈이 덮힌 산처럼 모든 것이 얼어있는 상태이다. 즉 현실 공간은 결핍의 공간인 것이다. 따라서 화자는 "봄이라 말하기 이른" 이 공간에서 단지 마음속에서만 봄을 그리고 있는 것이다. 그러나 "봄은/마음 속에 맴돌고 있다"에서 보이는 것처럼 화자는 "눈 속에서 봄풀"이 솟아나듯 희망을 간직 한 채 결핍의 공간을 극복하고자 하는 의지를 보인다.

내가 비행기에서 내리니
눈에 보이는 건 누꾸스 비행장
출입문 옆에 마중 나온 사람들
그 중엔 조선 녀자도 서있구나

어째서 그가 나를 찬찬히 보는지
암만 봐도 기억되지 않누나
어디서 본 여자인가
까만 눈에 얌점히 서 있는 여자

어쨌던 길이나 물어볼 수밖에 없다
누군가는 차차 알 수 있겠지!
려관으로 가려면 어떻게 갑니까?
나는 조선말로 물었다

그는 불시에 곱게 웃는구나
나의 마음 사로잡는 미소여
어느덧 녹아내리는 이내 마음
어쩐지 마음은 그에게 쏠리는구나

나를 찬찬히 쳐다보던 그는
수집어하며 로어로 대답하네
조금도 알아듣지 못했어요

당신이 무어라 말했는지…

아니, 제 말도 모르십니까?

할 수 없이 로어로 대화가 되었다

예, 제 민족어는 잘 압니다

그렇다면 조선 녀자가 아니란 말이요?

나는 조선 녀자가 아니라

순전한 까라깔빠끼야 여자예요

그리고 또 다시 생글 웃는 모습

계속 마음을 흔드누나

무슨 실수나창피한 일이건만

웬일인지 내 조선 녀자의 미소를

한번만 볼 수 있다면

나는 천번이라도 실수를 했겠다

– 우제국, 「조선 여자」 전문(레닌기치, 1976. 8. 26, 문예페지)

우즈베키스탄 내 누꾸스는 아랄해가 있어 강제이주 당시 많은 고려인들이 정착한 장소 중 한 곳이다. 화자는 누꾸스 공항에 마중 나온 사람들 중에서 "출입문 옆 마중 나온" 한 여자를 조선 사람이라 생각하고 반가운 마음에 조선말로 말을 건다. 그러나 "까라깔 빠끼야 여자"인 그녀는 화자의 물음에 답을 할 수 없다. 결국 두 사람은 "로어"로 대화를 나누지만 이 "로어"조차도 그들에게는 외국어이다. 카라칼팍 사람들에게는 카라칼팍어가 있고 조선 사람에게는 조선어가 있으나 둘 다 소수민족인 까닭에 지배질서의 언어를 사용하는 것이다. 결국 모국어를 쓰지 못하고 "할 수 없이 "외국어로 말해야 하는 두 사람은 같은 공간에 살고 있지만 서로의 언어가 달라 완벽하게 소통할 수 없게 된다. 따라서 화자는 "조선 녀자의 미소를/한번만 볼 수 있다면/나는 천 번이라도 실수를 했겠다" 라는 말처럼 화자는 같은 민족의 사람을 만나 모국어로 말할 수 있는 완벽한 소통의 공간을 꿈꾼다.

> 태산을 놓고
>
> 야산을 말하며
>
> 애목을 보고
>
> 고목이라 하는 시인
>
> 그 연고 모르겠소.
>
> 나무움 돋고
>
> 풀뿌리 굼틀거리는
>
> 봄철을 슲이 읊는 시인
>
> 그 한숨 알수 없소
>
> 그 심정 모르겠소…
>
> — 김광현, 「그 연고 모르겠소」 부분(꽃피는 땅, p.42)

시 속 화자는 "태산을 놓고/야산을 말하며/애목을 보고/ 고목이라" 말하는 시인에 대해 이야기를 한다. 시인은 진실을 진실대로 말하지 못하고 늘 돌려서 이야기하거나 다른 것을 말한다. 그렇

기에 "나무 움 돋고/풀뿌리"가 꿈틀거리며 돋아나는 봄이 되어도
시인에게 그 봄은 희망이 아니라 "한숨"만 나오는 서글픈 계절인
것이다. 이러한 시를 쓰는 시인의 연유를 모르겠다고 조롱하듯 말
하지만 정작 화자 자신도 이런 시를 쓸 수밖에 없는 현실에 대해
자조적으로 말하고 있는 것이다.

이러한 시의 양상은 다음에서도 찾을 수 있다.

쓰고 찢어버린다
또 쓰고, 찢어버리고 다시 써본다

우리 삶 있는 그대로 쓸 수만 있다면
경종으로 될 글을 쓸 수 있다면

나 역시 시대의 산물이기에
한시도 불안치 않을 때가 없다
세월의 줄달음에서 뒤떨어지기 싫기에

정도 이상 기뻐할 수도
악의를 품을 수도 없음이
우리의 삶이 아닌가!
친구들이여,
너무 책망치 말아다오
나의 양심만은 언제나

조상 나라와

살고 있는 나라의 숨결에 맞춰

생사고락 같이 하려고 애쓴다오

– 양원식, 「바라는 바」 전문(2002, p.25)

화자가 살고 있는 공간은 "삶 있는 그대로 쓸 수" 없는 곳이다. 따라서 화자가 할 수 있는 일이란 거짓된 글을 "쓰고 찢어 버리"는 일을 반복할 뿐이다. "기뻐할 수도", "악의를 품을 수도"없는 시대를 살고 있는 화자는 늘 불안을 품고 살아간다. 이는 비단 화자 혼자만의 일이 아니라 "우리의 삶"이라는 말에서처럼 대부분의 고려인의 삶이었음을 알 수 있다. 쓰고자 하는 것을 쓰지 못하고, 있는 그대로조차 진실을 말할 수 없는 생활 속에서 불안을 품고 살아간다. 이것은 사회의 억압이 공존한다는 말이다. 그러나 화자는 이러한 삶에 "악의를 품을 수도 없"다고 말하며 그것이 "우리의 삶이 아닌가!"라고 자조적인 어조로 말하고 있다. 이렇듯 고려인들에게 현실은 결핍의 공간인 셈이다. 그러나 "양심만은 언제나/조상 나라"에 가 있음을 강조한다. 이는 '조상의 나라' 것의 소중함을 인식하는 양상으로 확산된다.

3) 강요된 이미지 거부 –모국어에 대한 재인식

한 민족은 그 언어를 통해 문화를 형성, 발전시키고 민족의식을 공고히 한다. 따라서 언어는 혈통, 환경, 역사, 기질과 함께 민족을 구별하는 중요한 요건 중의 하나가 된다. 또한 언어는 문화의 형성, 발달, 전승에 중요한 역할을 한다. 따라서 한 민족의 문화적 특성은 그 민족이 사용하고 있는 언어를 통해 발현되는 것은 당연하다. 응구기 와 씨옹오(Ngugi wa Thing'o)는 "언어는 인간이 자신의 존재를 확인하는 방법인 문화와 정치, 부의 사회적 생산 그리고 한 인간이 자연 및 타자와 관계를 맺는 방식에 심대한 영향을 끼친다"(응구기와 씨옹오, 1995, p.76)고 보고 있다.

이렇게 볼 때 고려인 시문학이 문학성을 떠나 가장 주목받아야 점은 바로 그들이 모국어로 모국에 대한 중요성과 그리움을 표출했다는 것이다. 이는 그 당시 지배이데올로기에 위배되는 것이다. '조선어'를 통한 민족적, 인종적 '기억'을 재현한다는 것은 불온하고 위험한 것이기도 하다. 그러나 모국어는 '모국'에 대한 모든 것을 담을 수는 없다 하더라도, '모국어' 자체가 내뿜는 언어적 아우라에 의해 '모국'에 대한 상상을 무의식화 하는 작용을 한다(이명재 등, 앞의 책, p.345).

　　모국어
　　그의 품에 안길 때
　　그의 음향 속에 들 때
　　나는 활개를 펴노라
　　의젓이 영예를 느끼노라
　　새 금줄 종이에 박노라니
　　모국어는 나의 동반자

그러니 외롭지 않다

슬프지 않다

행복이 나를 쳐 든다

– 맹동욱, 「모국어」 전문(레닌기치,1973. 8. 7,문예페지)

    화자는 '모국어'를 들으며 "활개를 펴"고 자랑스러움을 느낀다. 힘든 상황에서도 화자를 지켜주는 것은 다름 아닌 '모국어'이다. 삶의 "동반자"인 모국어가 있기에 화자는 "외롭지 않다/슬프지 않다"고 말한다.

    일반적으로 언어는 민족성(ethnicity)의 가장 중요한 상징으로 인식되어 왔으며 한 민족 집단의 언어동화는 그 집단의 사회문화적 동화의 가장 신뢰할 만한 지표로 여겨져 왔다. 이렇게 볼 때 위의 시 속 모국어는 모국과 등가물로 생각할 수 있다. 모국이 있으므로 현실의 지난한 삶을 견딜 수 있는 것이다.

새는 작아도

목청은 높아라

작은 새의 고함소리

강산을 마슬 듯…

허나 그 고함속에

숨은 뜻 알 수 없어라

듣고도 모를 소리

읽어봐도 모를 소리!

쓰고 쓰고 또 써도,
많이 많이 썼던들 무엇하리
내용없는 글 쓰지 말고
알기 쉬운 제 말로 쓰자!

– 김종세, 「새는 작아도」 전문(레닌기치, 1990. 2. 28, 문예페지)

아무리 큰 소리로 말을 한다 해도 의사소통이 되지 않고, 의미를 알 수 없으면 그것은 한낱 고함에 불과하다. 듣는다 해도 그것은 듣는 것이 아니다. 글도 숨은 뜻을 알 수 없다면 마찬가지로 읽는다 해도 읽는 것이 아니다. 그러니 알 수 없는 어려운 외국어로 "내용 없는 글"을 "쓰고 쓰고" "많이" 쓰는 것은 중요한 것이 아니다. "알기 쉬운 제 말로" 쓰는 것이 중요하다는 것이다. 여기서의 "제 말"은 모국어 즉 조선어를 말한다. 화자는 위의 시를 통해 "새는 작아도/목청은 높아"서 강산에 다 울려 퍼지듯 우리가 쓰는 "제 말" 역시 새처럼 작지만 큰 힘을 지니고 있다고 우회적으로 말하고 있다.

민족어(ethnic language)를 통해 한 민족 집단의 문화적 가치와 민족 주체성이 세대에 걸쳐 전승되기 때문에 젊은 세대들이 민족어를 어느 정도 잘 하느냐는 민족 문화와 정체성이 세대 간에 지속될 수 있는지의 여부를 측정하는 지표가 된다. 이렇게 볼 때 하위주체들의 저항을 무력하게 만들고 그들로 하여금 제국의 문화에

동화되도록 하는 가장 효과적인 방법은 문화의 전달과 소통의 수
단인 언어를 빼앗는 것이다.[47]

　1937년 강제이주 후 조선말 학교, 대학, 전문학교들의 수가 급
격히 감소한 것은 이와 무관하지 않다.[48] 이에 대해 김필영은 "일
부 고려인들이 주장하는 것처럼 소련 당국이 민족어를 가르칠 수
없도록 제지하여 한국어 교육과정이 폐쇄되었다는 것은 사실이 아
님"(김필영, 앞의 책, p.70)이라고 주장한다. 덧붙여 "고려인 학교
에서 한국어 교육이 폐지된 것은 쓸데없는 한국어를 배우는데 시
간을 낭비하기 보다는 하루 속히 러시아말을 잘 배워 소련 사회에
서 성공하기를 바라는 학부모의 뜻에 따라 취해진 조치로 외부 간
섭과는 아무런 상관이 없다"고 말한다. 그러나 다음의 인용문에서
도 알 수 있듯이 강제이주 당시 소련 당국은 블라디보스토크 시에
있는 고려사범대학에 있는 도서관을 불 태워버리는 등 한국어 교
육에 대한 폭력을 가한다. 그 책이 학생들과 교사들에 의해 우여곡
절 끝에 원동에서 크즐 -오르다로 전해진 사실은 이를 반증한다.

---

47) 제국주의적 억압의 주요 특징 중 하나는 언어를 조종하는 것이다. 제국주의적 교육제
　　도는 '표준' 메트로 폴리탄 언어를 규범으로 세워 놓고 다른 모든 '변형' 의 언어들을
　　불순한 것으로 규정한다. 김성곤(1992. 여름.) 탈식민주의시대의 문학. 외국문학,
　　p.18.

48) 1923년부터 1933년까지 약 10년 동안은 소련 조선족들이 정치·경제·문화 여러 면에
　　서 빛나는 성과를 거둔 황금기라고 할 수 있다. 연해주 지역들에서 조선민족 구역들
　　이 생겨났고, 블라디보스토크 시에는 고려사범대학, 국립조선극장, 어업대학, 고려학
　　부 등이 있었고, 우수리스크 시에는 고려 사범전문학교, 하바로프스크 변강 기관지
　　선봉신문, 국영출판사 고려출판부 고려간부 양성소 들이 있었으며 그 밖에도 조선말
　　신문들이 발간되었다. 그리고 연해주에 3백여 개의 조선말 소·중학교들이 있었다. 정
　　상진. 앞의 책. p.209.

원동에서 주권 소비에트하에서 달성한 모든 죄다 것을 잃어
버렸다. 고려사범대학, 사범전문학교들이 없어 지고 소중학교
들이 다 모국어로 교수하지 못하게 되고 로어로 교수하게 되었
다. 그리하여 지금 60세 이하의 세대들은 모국어를 전혀 모르
고 있다. 크슬오로르다시로 옮겨 온 고려사범대학에는 훌륭한
도서관이 있었는데 거기에는 혁명 전에 러시아 학자들이 조선
에 가서 얻어 온 유일무이한 중세기서적들까지 있었다. 그때
그 대학 총장으로 있던 유태인 뢰낀이란 자가 조선서적들을 다
없애버리라고 명령을 내려 그 조선서적들을 자동차에 실어 다
가 씌르다리야강에 던지기도 하고 혹은 불에 태워 버리기도 하
였다. 참으로 눈물나는 일이었다.(…중략…)조선인 문화기관으
로 남겨둔 것은 《레닌기치》신문과 〈조선극단〉뿐이었다(김세일,
앞의 책, pp.15~16).

　　1938년 당시의 상황을 그린 위의 글처럼 스탈린은 집권기간 동
안 철저히 한인문화를 말살시켰음을 알 수 있다.[49]

　　언어는 단지 의사소통 수단으로만 쓰이는 것이 아니다. 언어는
현실을 재구성함으로써 우리의 세계관을 구성한다. 대영제국 역시
군사적인 힘과 물리적인 힘으로만 다른 나라를 지배를 한 것이 아

---

49) 이에 관련한 소설로는 한진의 단편 (「공포」(1990).)가 있다. 이 작품은 리빠벨 화학박
　　사후보의 체험담을 소설화한 작품이다. 1937년 강제 이주 당시 원동 조선사범대학을
　　크즐오르다로 옮겨오면서 함께 실어온 도서관의 고서적들이 뢰낀이라는 유태인 대학
　　장의 지시에 의해 비밀리에 소각되는 장면을 우연히 목격한 리빠벨은 책들을 소각하
　　던 화부와 격투를 벌여 결국 알마아따 도서관으로 책을 옮긴다는 내용이다.

니다. 식민주의자와 피식민지인 모두에게 세계와 자신을 특수한 방식으로 바라보게 함으로써, 제국의 언어를 삶의 자연스럽고 진실된 질서를 대변하는 것으로 내면화하면서 지속시키는 것이다. 과거 일제가 조선을 식민화하기 위해 제일 먼저 실행한 것 역시 조선어 말살 정책이었듯이, 소비에트 당국은 언어의 이러한 역할에 대해 잘 알고 있었던 것이다. 이와 관련한 또 다른 자료를 보면 고려인 학교에서 한국어 교육이 폐지된 경우 보다는 고려인 학교 자체가 폐지된 경우가 더 많았음을 알 수 있다.[50] 스탈린 치하에서 자신을 고려인이라 인식하거나, 나아가 자신을 고려인이라고 선언하는 것은 생존의 위협을 자초하는 행위에 속했다. 따라서 이러한 상황 속에서도 강요된 이미지를 거부하고 모국어의 중요성을 인식하며 모국어를 배우고자 하는 고려인들의 의식은 다분히 지배질서에 대한 부정의 한 양상을 보일 수밖에 없다. 모국어의 중요성에 대한 인식을 엿볼 수 있는 다음 시를 보자.

분선아, 선옥아, 어서 잠깨라

---

50) 이에 대한 참고자료로는 한 세르게이 미하일로비치의 증언을 통해서도 알 수 있다. 세르게이는 1930년 12월 2일 우수리이스크 니콜스키 지역 니콜스키 시골에서 셋째로 태어났다. 1937년 이주 때 그의 온 가족은 우즈베티스탄 타슈켄트주 "바르타" 주변 체르노브라는 마을에 살게 되었다. 어린 시절은 하치르칙 지역 "부됴노브" 농장에서 보냈다. 1942년 가장인 그는 다른 고려인 남자들과 같이 노동군에 동원되었다. 그는 거기에 1946년까지 있었다. 그 동안 어머니는 아이들 7명과 같이 살았다. 한 세르게이는 그 시절 대부분 아이들과 같이 한국어를 기본으로 하는 학교에서 4학년까지 공부를 하였다. 그러다가 그 학교가 없어진 후 러시아어를 기본으로 하는 학교를 졸업했다. 고려인문화협회 엮, 강회진 등 역(2007). 우리들의 영웅. p.67.

아침해 저리도 밝게 비치니

선생님 벌써와 기다린단다

늦으면 그 어찌 부끄러울가.

우리들 모두다 학교로 가자

저붉은 해님도 함께 가잔다

선생님 배워준 글자글자는

우리의 앞길을 밝혀줄거야.

- 김종세, 「해돋이」 부분(해바라기, p.192)

화자는 "선생님이 배워준 글자"가 "아침 해"처럼 어두운 "우리의 앞길을" 밝혀줄 것이라는 희망을 가지고 있다. 그래서 잠자고 있는 아이들을 깨워 "어서" 학교에 가자고 채근한다. 이들에게 글자를 배우는 일은 마치 해가 돋는 일처럼 희망찬 미래를 상징하는 것과 마찬가지다. 어두운 현실을 해처럼 밝혀줄 수 있는 "희망"은 바로 "분선"이나 "선옥" 같은 조선인이 배우는 조선의 "글자"인 것이다.

눈뜨고 못보면 소경이라네

일하고 난 겨를 타서 배우고 또 배우자

앞선자는 이끌고 뒤선자는 따라서

가갸 거겨 고교 구규

제 민족어 몰라서야 수치리

입있고 말못하면 벙어리라네

일하고 난 겨를 타서 배우고 또 배우자

아버지는 이끌고 어머니는 재촉하여

가나 다라 마바 사…

제 민족말을 몰라서야 수치리

귀있고 못들으면 귀머거리라네

일하고 난 겨를 타서 배우고 또 배우자

오빠는 선생님 나는 따라배워

아야 어여 오요 우유

제 민족어 몰라서야 수치리

– 리창달, 「배우자 우리 글」 전문(레닌기치, 1988. 12. 24, 문예페지)

위의 시 역시 다분히 계몽적인 성향을 지니고 있다. "눈 뜨고 못보면 소경"이며 "귀 있고 못 들으면 귀머거리"라고 말한다. 이러한 상황에서도 위 시의 화자는 "제 민족어 모르면 수치"이니 아무리 바빠도 "일하고 난 겨를 타서"라도 모국어를 배워야 한다고 말한다. 이를 가르쳐야 하는 사람은 바로 아버지와 어머니들이다. 미래를 위해 자식들에게 모국어를 가르치는 일은 다시말해 그들에게 정체성을 심어주는 것과 같다.

이주 1세대 고려인 작가들의 작품 활동은 이러한 배경을 감안할 때 좀 더 쉽게 이해할 수 있다.

따라서 이들의 문학은 소멸되어 가는 정체성을 지키고 계승하기 위한 담론적 투쟁의 방식이라고 할 만하다. 다음과 같은 들뢰즈의 지적은 고려인 작가들의 정신적 지향점을 이해하기 위한 하나의 참조가 될 수 있을 것이다.

> 지배 문학이 득세하는 어떤 나라에 태어난다는 것은 불행이
> 다. 그러한 불행을 안고 태어나는 사람은 마치 체코의 유태인
> 이 독일어로 글을 써야 하듯이, 또는 우즈벡인이 러시아어로
> 글을 써야 하듯이, 지배 문학권의 언어로 글을 써야 한다. 그는
> 구멍을 파는 개처럼, 또는 땅굴을 파는 쥐처럼 글을 써야 한다.
> 그런데, 그러기 위해서는, 그는 자신의 고유한 물밑 세계, 자신
> 의 고유한 사투리, 자신의 고유한 제3세계, 자기 자신만의 황량
> 한 세계를 고안해내야 한다(들뢰즈·가타리, 조한경 옮김, 1997, p.37).

위의 말을 참고할 때 소수자인 고려인들이 문학행위에 있어 모국어 표기를 고집하고, 또한 모국어를 통해 조국의 풍습과 인종적 특징을 환기하고자 하는 것은 그들 나름대로의 뿌리 지키기 작업이라 할 수 있다.

소비에트라는 지배질서 안에서 고려인들은 지배체제 중심적 가치관으로 인해 정체성의 분열을 일으키게 되고, 그 분열로 인해 육체적, 정신적 상처를 얻게 된다.

앞에서도 언급했듯이 반동일화를 통해서 악한 주체가 상정된다. 선한 주체는 자신을 규정하는 담론구성체에 동의하지만 악한 주체는 강제된 이미지를 거부하고 그것에 '역대칭' 자세를 취한다. 그리하여 악한 주체는 그동안 말할 수 없었던 것들에 대해 직접적으로 말을 하기 시작한다.

나는 로씨야 원동

이만강변 조선사람이다

백두산 신령이 먹이지 못해

멀리 강 건너로 쫓아낸

할아버지의 손자로다

로씨야의 "마마"보다도

카사흐의 "아빠"보다도

그투씨야의 "나나"보다도

조선의 "어머니"란 말이

내 정신엔 뿌리 더 깊다

– 김준, 「나는 조선사람이다」 전문(김준, 1997, p.98)

화자는 자신이 원동의 조선사람 임을 당당히 밝히고 있다. 이때 화자의 조상들은 가난을 면치 못한 조국으로부터 "강건너"로 쫓겨난 신세임을 알 수 있다. 그러나 현재 사는 곳이 중앙아시아이지만 러시아나 카자흐의 말보다 "조선의 어머니"라는 말이 더 정다운 것처럼 화자의 정신에 뿌리 깊게 새겨진 것은 조선이라고 말한다.

아리랑 아리랑 아리랑노래

아리랑 노래를 누가 지였나

아리랑노래는 언제 생겼나

부르고 불러도 부르고 싶은 노래

님그려 부르면 사랑의 노래

슬퍼서 부르면 눈물나는 노래

일할 때 부르면 성수나는 노래

싸울 때 부르면 용기나는 노래

옛날의 조상들이 부르던 노래

오늘의 세대들도 부르는 노래

밭일을 하며 부르던 노래

기계를 돌리며 부르는 노래

성돌을 나르며 부르던 노래

궁궐을 지으며 부르던 노래

공장을 세우며 부르는 노래

또락또르 몰며 부르는 노래

아리랑 아리랑 아리랑 노래

아리랑노래를 누가 냈건

아리랑노래가 언제 생겼건

부르고 부르고 또 불러보자

— 전동혁, 「아리랑 노래」 전문(레닌기치, 1981. 5. 15, 문예페지)

아리랑은 조선의 상징적 노래이자 조선의 대표적인 민요이다.

아리랑이라는 단어가 주는 언어적 아우라는 모국에 대한 상상을 하게 만든다. 아리랑은 시에서처럼 "옛날의 조상들이 부르던 노래"이다. 그들에게 아리랑은 누가 지었고, 누가 불렀고, 언제 생겼는지는 중요하지 않다. 아리랑은 언제 어디서나 삶과 함께하는 노래이며 "부르고 불러도 부르고 싶은" 노래이다. 또한 "오늘의 세대들도 부르"는 노래로 과거 세대와 현재 세대를 이어주는 역할을 한다. 고려인들은 앞에서 살펴보았듯이 '조선'에 관련된 그 무엇도 발설할 수 없는 삶을 살았다. 모국어로 모국의 노래를 부른다는 것은 당시, 생존의 위협을 자초하는 행위와 다를 바 없다. 그런데도 "아리랑"을 슬플 때나 일할 때, 싸울 때, 심지어는 밭일을 하면서도 부르는 것은 일상생활 속에서 늘 지배질서 체계에 대한 부정을 보이고 있는 것이라 볼 수 있다.

> 나도 로씨야 사람들이
> 월가강을 그렇듯 반기며
> 오까의 벌판을 사랑하는
> 그 마음 어찌 모르랴
> 월가의 높은 언덕에 서서
> 깊은 생각에 묻혔던 고리끼,
> 랴자니 벌판에서 하루종일
> 얼빠지게 헤매던 예쎄닌
> 거기는 그들이 태여난 고장
> 또 자라난 땅이지요

기나긴 세월을 두고

그 고장 그 땅을 위하여

저들의 선조들은

땀뿐이 아니요

피도 얼마나 흘렸던가

누구에게나 아비, 어미 있으며

그들이 부르던 노래뿐인가

그들이 남긴 바구니까지

우리에게는 매우 귀하거니

덮어놓고 낡아빠졌다고

소홀히 나무라는 년석들을

나는 크게 미워해요

– 강태수, 「소홀히 나무라지 말라」 전문(레닌기치, 1968. 10. 21, 문예페지)

러시아 사람들이 존경하는 고리끼와 에쎄닌이 태어나고 자란 월가강과 오까의 벌판을 사랑하듯 고려인들도 선조가 남긴 노래와 바구니까지 소중하다고 말한다. 그들에게는 귀중하거나 거창해보이지 않더라도 "누구에게나 아비, 어미"가 있는 것처럼 고려인들에게는 "노래"가 있으며 그들에게 이것은 매우 귀한 것이다. 선조들이 불렀던 노래는 조선을 상징하는 것 중 하나이다. 그러나 그것을 "덮어놓고 낡아빠졌다고" 하는 사람들이 있다. 화자는 그런 사람들을 "크게 미워"한다고 말한다. 이것은 고려인의 제2의 고향인 연해주와 조선에 대한 형상화를 탄압하는 지배질서에 대한 불만의 표시로 볼 수 있다. 나아가 그들만의 정체성을 잊지 않고자 하는 하나의 방법이라 할 수 있다.

주지하다시피 고려인들이 겪고 있는 이중의 정체성은 지배질서로 편입된 국민으로서의 정체성과 조선민족의 정체성의 혼란이며 이는 지배질서 내의 국민으로서의 문화 행위와 민족으로서의 문화 행위의 충돌이라 할 수 있다. 지배질서의 권력이 강화되어 구심력이 커질수록 소수민족의 정체성은 위축되기 마련이다. 이런 상황에서는 지배질서의 논리에 따르고 자신을 거기에 맞추거나 아니면 그에 대한 저항으로 위험을 감수하며 자민족의 역사와 문화를 유지하기 위한 글을 쓰거나 어느 한 쪽을 택할 수밖에 없어진다. 이와 같은 상황에서도 고려인들은 자국의 언어와 문화를 지키고자 하였다. 고려인 시문학에서 이러한 양상은 결국 동일화를 통한 반동일화로 정체성을 확립하고자 하는 의도로 해석할 수 있다.

3. 탈주적 귀향의식과 새로운 공간 탐색

1937년 스탈린의 결정에 의해 실시된 강제이주는 연해주에 거주하고 있던 한인들에게 있어 갑작스러운 삶의 단절을 가져온다. 비록 연해주 땅이 조국의 땅은 아니었지만 지리적으로나 심정적으로 한반도와 친밀성을 갖고 있었고, 나름대로 민족 정체성을 유지한 채 집단생활을 영위할 수 있었기 때문이다. 연해주에 모여 살던 한인들은 독자적으로 교육, 출판, 문화 활동 등을 전개하면서 조국과의 끈을 놓지 않았다.

앞장에서 언급했듯이 연해주 지역 한인들에게 자행된 폭력적이고 야만적인 강제이주 정책은 한반도와의 모든 연계성을 끊어버리는 사건이었다. 신속하게 이루어진 강제이주는 연해주에 거주하던 한인들을 기차에 싣고 중앙아시아 사막 지대 한가운데에 내던지는 것으로 일단락되었다. 이때 한인들이 거주하게 된 곳은 우즈베키스탄 아랄 바다 근처와 아무다르야 강과 시르다르야강 주변, 그리고 카자흐스탄의 발하쉬 호수로 들어오는 까라딸강 및 일리강 부근이었다. 이곳은 현지인들조차 살기를 기피할 만큼 척박한 땅으로, 유폐된 공간이었다. 그들은 이곳에서 생존을 위해 온 몸을 내던져야만 했다. 강제이주와 관련된 끔찍한 체험들, 그리고 이주 후 겪어야만 했던 삶은 호미 바바의 말과 같이 일종의 '꿈', '다른 사람에 의해 꾸어진 꿈'과 같은 것(호미 바바, 나병철 옮김, 앞의 책, p.302)이었다. 아래 글은 이주 후 고려인들의 심리적 상태를 보여주고 있다.

수신-당 중앙위원회 서기장 스탈린
소연방 인민위원회 의장 몰로토프

저는 빨치산 대원의 아들입니다. 내전 때 저의 아버지는 일본인들에 의해 살해되었습니다. 우리는 아버지의 연금 150루블로 살아가고 있습니다. 저는 16세 한인으로, 소비예트 학교 8학년까지 다녔습니다. 극동구에서 이주할 때 당기관과 내무

인민위원부에서는 우리에게 이렇게 말했습니다. "한인 여러분은 중앙아시아의 자치주로 이주됩니다." 우리는 이 통보에 매우 기뻐했지만, 사실은 다음과 같습니다.

1. 지정된 장소에 도착한 후, 초기에 우리는 집도 없이 우즈벡 사라 중 이 사람 저 사람 집에서 얹혀 살았고, 이제는 돈도 바닥나고 어떻게 해야할지 모르겠습니다.

2. 우리는 여러 지역 기관에 찾아가 일자리에 대해 문의해보았지만, 우리에게 일자리를 주지 않았습니다. 집도 없는 우리 이주민들은 죽기 직전까지 와 있습니다. 수많은 사람들이 굶어 죽어가고 있습니다.

3. 이주 때 우리에게 중앙아시아에 도착하자마자 우리를 위해 학교가 문을 연다고 말했지만, 아직도 공부를 하지 못하고 있습니다.

4. 레닌·스탈린의 민족문화 정책이 변칙적으로 이행되고 있습니다. 가령 한인 사범대학교가 러시아대학교로 바뀌었습니다. 이 외에도 '선봉신문'이라는 한인 신문은 폐간되었습니다. 이와 같이, 한민족의 문화와 언어 발전은 전혀 가망이 없습니다. 어디에서 저는 고등교육을 받아야 합니까? 언제 저는 한국어로 공부할 수 있겠습니까?

(…중략…)

7. 한인들은 사실은 옥살이를 해야 할 민족은 아닙니다. 우
리 아버지를 포함해서 얼마나 많은 한인들이 백군과 일본
점령자들에 맞서 전쟁에서 자신의 삶을 바쳤습니까? 그들은
정녕 우리의 이러한 삶을 위해 죽었겠습니까? 소연방에서
카프카스 민족들만 잘 살아야 하고, 다른 사람들은 잘 살면
안 되는 겁니까? 우리가 일본 압제기에든 소연방 감독에서
든 어디서 어떻게 죽든지 한인들에게 다 마찬가지입니다.
소비예트 사회주의 연방 공화국이 프롤레타이아의 조국이
라는 것은 그저 부질없는 바램이었습니다. 만일 우리가 여
기서 이렇게 힘들게 살 것이라는 것을 알았더라면, 우리는
거기 극동에서 죽었어야 했습니다. 왜 우리를 극동에서 죽
이지 않았습니까? 수많은 한인들이 이주 후에 기후와 풍토
에 적응하지 못해 병들고 죽어가고 있습니다. 전체 부서가
동지의 손에 달려있으며, 우리의 목숨 또한 동지의 손에 달
려있습니다. 원하신다면 우리를 죽여주십시오. 우리에게는
잘 살 것이라는 실낱같은 희망도 없습니다.

카라칼파키야 자치공화국 노보우르겐치시

마학봉 올림(블라지미르 김, 김현택 옮김, 앞의 책, pp.133~135).

위의 인용문은 카라칼팍스탄(현 우즈베키스탄 누꾸스 지역)으
로 강제이주를 당한 조선인이 스탈린에게 보내는 탄원서의 일부이
다. 실낱같은 희망조차 품을 수 없는 현실에서 차라리 죽음을 택하
겠다는 조선인의 말에서 그 당시의 상황을 충분히 읽을 수 있다.

강제이주 이후 고려인들은 자신들의 그림자마저도 두려워하는 존재가 되었다. 그들은 꼴호즈에서 몇 명만 일하게 되면 혹시라도 민족주의 조성에 대한 혐의를 받을까봐 두려워하였다. 심지어 고려인들은 가정에서도 이웃들과 교제하기를 기피할 정도였다. 이들은 '1937년, 강제이주, 민족, 조상'에 대한 어떤 언급도 할 수 없었다. 강제이주 과정에서 겪은 죽음에의 공포는 고려인들로 하여금 피해망상증에 시달리게 하였다. 이들은 죽음의 공포로부터 벗어나고 소비에트 정권으로부터 인정을 받기 위해 생산 활동에 열성적으로 참여했다. 이렇게 함으로써 그들은 소비에트 정권으로부터 자신들이 진정한 애국시민임을 인정받고자 한 것이다. 한편 벼농사에 주로 참여했던 이주 1세대 고려인들은 자식 교육에 헌신적이었기 때문에 그들의 자녀들은 지식인이 되어 각 도시로 분산, 진출하게 됨에 따라 전통적 문화와의 단절이 급속하게 전개된다.

이러한 외부조건의 억압으로 인해 지배질서와 고려인 사이에는 틈새의 공간이 생성된다. 그들은 이 틈새공간을 채우기 위한 방법으로 '어머니'와 '고향', 그리고 유토피아와도 같은 공간을 새롭게 탐색한다. 이를 통해 현실에서의 어려움을 극복하고자 하는 것이다. 라깡에 의하면 주체가 되기 위해서는 자신의 욕망을 버리고 아버지의 법에 순종함으로써 대타자의 세계로 진입해야 한다. 그러나 고려인들은 대타자, 즉 지배질서에 진입하지 못한 채 타자로 남아 있다. 왜냐하면 그들은 소비에트라는 거대 제국으로 장소 이동은 했지만 이는 강제성을 띤 이주였으며 이와 더불어 이루어져야 할 타자에서 주체로의 자리옮김을 하지 못했기 때문이다. 따라서 지배질서와의 동일화에 성공하지 못한 그들이 출구로 나가기란 현실 생활에서는 이루어질 수 없다. 이러한 관점에서 본다면 고려인의 시문학에 나타나는 귀향의식은 주체와 타자, 지배와 피지배 혹은 지배질서의 이데올로기 아래 탈 중심주의를 지향하고 시도하는 매개체로서 의미망을 가진다.

1) 어머니에 대한 그리움

현실에서 느끼는 결핍감은 그것을 채워줄 수 있는 무엇인가에 대한 욕망을 낳는다. 욕망은 인간 존재의 근본적 결핍에 의해 생겨난다. 따라서 인간은 끊임없이 충족의 세계를 지향하기 마련이다. 바슐라르는 '인간은 세계에 던져지기 이전에 집의 요람에 맡겨져 있다' (G.바슐라르, 김현 역, 1979, p.119)고 말한다. 집의 요람 속에 있는 온기는 인간을 환대하고 따뜻하게 감싼다. 우리는 고향의 집을 깊이 몽상할 때 최초의 열기, 온화한 물질 등을 떠올리게 된다. 이는 편안함과 안락함의 원형인 동시에 태고의 편안함과 안락함의 원형인 '자궁회귀본능' 모티프의 확산으로 볼 수 있다. 자궁회귀본능이란 정신적 퇴행현상의 일종으로서, 성인이 현실적으로 어려운 문제에 부딪치며 살아갈 때 생존의지 박약으로 말미암아 곧잘 과거로 돌아가고 싶은 무의식적 충동을 느끼는 잠재심리를 말한다. 정신적으로 어려운 현실상황을 타개해 나갈 수가 없다고 느낄 때, 사람들은 곧잘 과거의 어린 시절의 향수를 느끼게 되고, 그 시절로 돌아가고 싶다는 무의식적 충동을 느낀다. 아이 때는 모든 것을 어머니가 시중들어줬기 때문에 자기 자신은 아무런 노력도 할 필요가 없다. 어떠한 책임도 주어지지 않고 다만 무엇이든 요구하기만 하면 되었다. 현실의 실재상황을 인식할 의지조차 필요치 않다. 그래서 사람들은 어려운 곤경이나 정신적 번민 혹은 갈등에 부딪쳤을 때 어린 아이 때로 퇴행하고 싶은 무의식적 충동을 느끼게 되는 것이다. 휴식의 이미지, 내면성의 이미지들의 근저에는 동일한 몽환적인 뿌리가 있다. 그것은 고향이자 모성이며 이들 이미지는 어머니에게로의 회귀를 지향한다. 고려인들이 현실의 한계에 대한 극복 방안으로 삼은 것 역시 어머니이다.

이 해넘이 늦시각
어머님은 어디에 계시는지?
아직껏 어느 밭이랑에서 허리쉼 하시며
멀고 먼 이곳 저를 또 염려하시는지?
혹시나 앞들 강가에 나오시어
흘러간 세월 긴긴 초상화 그리시며
백발 흩트리고 파고드는 슬픈 사연 주물러
빨래질하고 계시는지?

– 양원식, 「어머님 생각」 부분(양원식, 앞의 책, pp.47~48)

위의 시에서 그리고 있는 어머니는 "해넘이 늦시간"에도 "밭이랑에서" 일을 해야만 하는궁핍하고 고난한 고향을 의미한다. 이어지는 "백발 흩트리고 파고드는 슬픈 사연 주물러/빨래질하고 계시는지"에서는 이미 쇠약하고 늙은 어머니의 모습을 읽을 수 있다. 그러나 "슬픈 사연"을 "주물러" 빨아내는 행위를 통해 나약하지만 생의 에너지를 생성하는 모성의 이미지를 엿볼 수 있다. 이렇게 고향은 일시적 결핍의 지대일 수 있으나 어머니를 통해 그 결핍과 고난을 극복하고자 하는 회복의 공간으로 그려지고 있다.

> 어머니! 이 말은
> 사람이 세상에 태여나 배운
> 인간의 가장 귀중한 첫말
>
> 어머니! 이 말은
> 기쁠 때나 슬플 때
> 마음속 깊이에서 절로 울려나오는 첫말
>
> 삶을 안겨준 그 첫시각부터
> 어머니의 그 마음 안정을 몰라
> 고르롭지못한 숨소리와 미열로
> 새운 밤, 맞은 첫새벽은 얼마였던가
>
> (…중략…)
>
> 어머니! 그대의 뜨거운 심장은
> 우리의 가슴을 덥혀주나니

세월은 흘러 내 나이들면들수록
더 따사로히 느껴지는 어머니의 마음이여!

– 김증송, 「어머니의 모습」 부분(해바라기, p.201)

　　화자는 "어머니"라는 말은 "사람이 세상에 태여나 배운/인간의 가장 귀중한 첫말"이라고 규정한다. 우리가 기쁜 일이나 어려운 일을 당했을 때 무의식적으로 제일 먼저 찾는 단어도 바로 '어머니'이다. 이때 어머니의 "뜨거운 심장"은 우리의 "가슴을 덥혀"주는 역할을 한다. 화자는 "나이가 들면 들수록" 어머니를 그리워한다. 이는 과거의 어머니를 불러들여 현실의 지난한 삶에 대해 어렸을 때처럼 "따사로히" 위안받고자 하는 욕망과 맞닿아 있다. 어머니의 품에서 충만한 시기를 보내는 유아기처럼 존재는 확보된 공간성을 통해 안정을 보장받기 때문이다.

귀중하신 어머니시여!
양춘을 불러 먼저 피는 꽃
아름아름 안아다 드릴까요
주렁진 과원의 첫 열매
함뿍 따다 드릴까요
곱고고운 칠색무지개 끊어다
직녀의 날개옷 지이드릴까요
내 귀밑머리 희여진 아버지건만
지금도 어릴적 엉석섞인 그 목소리로

때없이 불러찾는 어머니
나의 귀중하신 어머니!

떨어지면 목숨지는 것 같아
잠결에도 더듬어 찾던
어머니의 품
철부지 그 시절엔 알수도 없었나이다
어머니 그리도 귀중함을

– 남철, 「어머니 그리도 귀중함을」 부분(꽃피는 땅, pp.71~72)

화자에게 어머니는 "먼저 피는 꽃"과 "과원의 첫 열매", "무지개 끊어다/날개옷"를 드리고 싶을 만큼 귀중한 존재이다. 화자는 지금 귀밑머리가 하얗게 세어버린 나이가 되어 있으나 때를 가리지 않고 어머니를 그리워한다. 화자에게 어머니는 "잠결에도 더듬어 찾던" 보호의 공간이며 치유의 공간이기 때문이다. 이는 그만큼 현실의 삶이 고통스럽다는 것을 우회적으로 말하고 있는 것이다.

조국이란
고향집 문턱에서 시작되는가
대장부가 마흔 가까워
먼 추억이 식어가도
기쁠 때 그리운건
내 자란 마을이요

괴로울 때 간절한 건

어머니 생각이여라

하여 조국을 어머니라 하는가

하여 조국의 품 어머니품이련가

– 정장길, 「혈연」 전문(해바라기, pp.204~205)

위의 시에서 화자는 '조국=어머니'로 하나의 등가물로 상정하고 있다. 화자에게 있어 고향의 품과 어머니의 품, 조국의 품은 하나인 것이다. "고향은 자신이 태어난 땅, 자신의 영혼의 뿌리가 되는 근원이며, 안식처로서 가장 친근하고 가까운 곳"(M.하이데거, 소광희 역, 1975, p.29)이다. 때문에 화자는 "괴로울 때" 간절히 어머니를 찾게 되는 것이다. 어머니가 간절히 그리운 것처럼 화자는 조국에 대한 그리움을 토로한다. 화자는 현재의 시련을 구체적으로 진술하지는 않으나 '어머니'를 호명함으로써 지난한 현실에서 벗어나고자 하며 조국에 대한 그리움을 그리고 있다.

때 묻은 행주치마 걸치고

기쁜 숨 내쉬며 내쉬며

자식에게 준 어머니 은혜

그 절반이라도 갚으려 했더니

갈 때는 왔다고, 날 부른다고

어머니는 다시 못올 길을 떠나런다

울지 말어!

슬퍼 말어!

너희들, 저 참나무처럼 튼튼하다면

너희들, 저 샘물처럼 맑다면

너희들, 저 논밭에서 곡식처럼 자란다면

고이 눈감고 가겠다, 서러워 말라고…

　하시던 어머님!

지금도 그 모습

부엌일 하시느라 부산피우던 어머니

따뜻이 저녁상 차려놓고

그렇게 유심히 우리를 보시던

그 애잔한 눈길이여!

아, 잊을 수 없네! 잊을 수 없네!

– 맹동욱, 「어머니」 전문(꽃피는 땅, pp.71~72)

　　위의 시는 어머니와의 이별의 과정과 그 이후 어머니를 그리워
하는 화자의 마음을 그리고 있다. 자식들이 "참나무처럼 튼튼"하
고 "샘물처럼" 맑게, "논밭에서 곡식처럼" 자라기를 바라는 어머
니는 부지런히 부엌일을 하시고, 따뜻한 저녁상을 차려주시던 사
람이다. 어머니는 애잔한 눈길을 가진 사람으로 화자를 보호해주
던 사람인 것이다. 화자가 이런 어머니를 "아, 잊을 수 없네! 잊을
수 없네!"라고 강조해서 말하는 것은 현실의 삶에서 보호받고 위

안받고 자 하는 열망과 일맥상통 한다. 어머니에 대한 그리움은 고
향에 대한 형상화로 그 의미망이 넓어진다.

2) 고향에 대한 형상화

　　모든 개인들은 지배 계급의 수많은 이데올로기적 담론들에 의
해 하나의 주체로서 '호명' 받는다. 이데올로기에 의해 주체가 결
정되어지는 것[51]이라고 볼 때, 식민주의라는 문제는 객관적인 역
사적 조건뿐만 아니라 그 조건을 대하는 인간의 태도까지도 상관
적으로 포함한다. 따라서 지배체제에 의한 억압적 현실의 양상은
그것을 당하는 인물들의 모습을 통해서도 살필 수 있을 것이다. 그
러나 이때의 인물들은 탄압적인 정치 세력들에 의해 억압된 내면
의 욕망을 비정상적인 방법으로 표출한다. 정상적인 방법으로는
자신의 분노와 고통을 표출해 낼 수 없기 때문이다. 당대의 폐쇄적
인 상황 속에서 이러한 것들은 내면으로 억눌러야만 하기 때문이
다. 따라서 지배질서에서 호명받지 못한 고려인들은 외부세계와는
전혀 소통하지 못하고, 다른 사람들과의 자유로운 대화 역시 불가
능한 현실에서 살아가야만 했다. 이렇게 볼 때 '귀향' 은 고려인들

---

51) 알튀세르는 『이데올로기와 이데올로기 국가정치』에서 주체는 이데올로기 속에서 호
　　명되며, 이것은 피할 수 없는 것이라고 주장한다. 즉 인간은 상상적 주체 속에 자리 잡
　　은 구성적 권력 하에서만 의식적일 수 있다는 것이다. 그 이유는 '이데올로기가 개인
　　을 주체로 호명' 하기 때문이다. 빌 애쉬크레프트 등, 이호석 옮김(1996). 포스트 콜리
　　니엄 문학이론. pp. 274~275.

에게 아주 중요한 문제로 자리한다. 루카치의 지적대로 "문학의 형식은 선험적이고 고향 상실성의 표현이며, 서사적 진행은 문제적 개인 자신을 찾아가는 자기 인식의 여행"(게오르그 루카치, 반성완 역, 앞의 책, p.47)인 것이다. 루카치의 비유적 표현을 원용한다면 고향을 찾아 가는 일이란 자신의 존재의 원형을 찾아 자아를 찾아가는 것과 동일한 의미를 지닌다. 그러나 고려인들의 귀향은 단순히 자아를 찾아가는 경로라기보다 좀더 특별한 의미를 지님을 엿볼 수 있다. 그것은 현실에서 오는 불안감이나 상실감을 치유하기 위한 하나의 방법이라 할 수 있다. 다시 말해 이는 지배이데올로기 안에서 탈주선 찾기의 하나로 볼 수 있다.

> 기억도 아득히 멀다
> 생각하면 천리로다
> 그 옛날
> 퇴창문에 해살도 못 드는 땅굴막
> 거기서 내가
> 첫 울음을 울었다오
>
> (…중략…)
>
> 눈바람 휘돌다도 물러 가고 또,
> 또 땅이 녹아 풀뿌리 살아 나면
> 아랫동 벗은 채 들에 나가

더덕 뿌리 파먹었소

독한 풀뿌리 먹으면 죽는다고

어머니 울며 한사코 말려도

빼소니쳐 기어코 파먹던

강물 한 줌 움켜

흙 묻은 입술을 씻었더이다

이런 세상 밖엔 딴 세상은

천하에 없는 줄로만 알았더이다.

(…중략…)

그래도

제일 다정한 내 동무

이 흙, 이 강물에

나의 정 깊이 들었더이다

귀밑에 서리발 내려도

잊지 못할 고향

내 고향이여서만 그런 건 아니라오

오늘도 나는 옛날의 추억을 더듬어

멀고먼 고향 땅 찾아 가노니

이 땅에 묻힌

할아버지, 아버지

그 이름은

세월에 흘러흘러 멀어졌건만

        - 김준, 「내 고향 땅에서」 부분(시월의 해빛, 1971, pp.39~50)

프라이(Norhrop Frye)가 집 혹은 고향을 원형적 상징의 하나로 상정하고 인류가 경험한 낙원 상징의 천상적 이미지로 의미화하고 있음은 널리 알려진 사실이다. 집은 인간을 위한 최초의 공간이며 인간 존재의 최초의 세계라 할 수 있다.

장편 서사시인 위의 시 속에서 고향 풍경은 가난하고 궁핍하고 처참하게 그려지고 있다. "아랫동 벗은 채 들에 나가 더덕 뿌리"를 파먹으며 생활을 연명해야 하는 빈곤한 곳이다. 그러나 외세에 의해 빼앗기거나 상실한 것이 아니기에 고통의 공간이라 할 수는 없다. 햇살도 들지 않는 움막집에서 추위와 배고픔을 견디기 위해 흙 묻은 풀뿌리를 캐먹으며 자랐지만 역설적으로 오히려 그것들은 현재의 그리움이며 현재의 어려움을 지탱해주는 것들이다. 화자에게 고향은 "제일 다정한 내 동무"이자 정 깊은 곳으로, 나이가 들어 "귀밑에 서리발"이 내렸어도 추억을 더듬어 돌아가고 싶은 공간이자 "잊지 못할" 공간이다. 그 고향은 할아버지와 아버지가 묻혀 있는 뿌리와도 같은 곳이다. 그래서 화자는 "옛날의 추억을 더듬어/ 멀고 먼 고향땅을 찾아" 그 때의 시절로 회귀를 욕망한다. 훼손된 고향을 반복적으로 소환함으로써 자기의 훼손된 정체성을 자각하려는 이면에는 고향이라는 공간의 소환을 통해 자기의 지속성을 보장받으려는 의지가 숨어 있다. 훼손된 고향은 그 자체로 주체의 훼손, 정체성의 훼손이다. 그러나 그것의 반복적 소환은 '나의 정

체성 찾기', '나의 지속성의 복원' 의 차원으로 읽을 수 있다. 이는
배타적인 민족주의 의식이 잠재된 형태라 할 수 있다. 이는 현재의
공간보다는 민족적 뿌리의 공간인 고향의 반복적 소환만이 자기의
정체성을 잃지 않고 간직하는 길이라는 것을 인지한 것이다.

나는 일찌기 집을 떠나
큰 강 작은 강 수태 건넜지만
오직 하나만은 기억에 뚜렷합니다
내가 처음 물장구치던
그 강 하나만은

어디엔들 버드나무 없으련만
우리 집앞에 서있던
내가 그네를 달아매던
늙은 버들 한 그루는
오늘도 꿈결에 보인답니다

내가 어느 고장 어느 길 걸어가든
가끔 눈앞에 아물거립니다
눈물을 훌쩍훌쩍 삼키면서
어머니의 뒤를 쫓아가던
우리 마을 길목들이
그때에 우리의 귀여운 놀음감은

차들이 아니면 유리쪼각이였지만
때로는 나무소에 나무가대기로
밭을 갈아 모래를 심었습니다
능쟁이 뜯어 가을걷이였습니다

그래도 그리운 내 어린철은
웃으며 눈을 껌벅거리다가
살림의 소용돌이에 숨기도 하지만
물결처럼 또다시 돌아온답니다
내 지친 기억으로

– 강태수, 「어린철」 전문(레닌기치, 1986. 11. 29, 문예페지)

화자는 "일찌기 집을 떠나" 크고 작은 시련과 고통을 겪었다. 그러나 그때마다 화자의 마음을 달래준 것은 고향의 "강"과 "늙은 버들 한 그루"이다. 강은 "처음 물장구치던" 기억이 남아있는 공간이고 버드나무는 "내가 그네를 달아매던" 나무로 유년시절의 추억이 깃든 것들이다. 이러한 것들이 자리한 고향은 "눈물을 훌쩍훌쩍 삼키면서/어머니의 뒤를 쫓아" 떠나온 곳이다. 자의가 아니라 타의로 고향을 떠나온 그곳은 꿈에도 보이고 어디를 가든 눈앞에 아물거리는 공간으로 남는다. 장난감이 없어 "유리쪼각"을 가지고 놀고, 밭을 갈 농기구가 없어 "나무가대기"로 대신하는가 하면 가을걷이는 "능쟁이(명아주의 강원도 방언)"가 전부였을 만큼 가난하고 척박한 어린 시절이지만 현실에서 "지친" 화자에게는 잊을 수 없는 공간이며 "꿈결"에서조차도 회귀하고 싶은 공간이다.

초가삼간
흩어진 짚가리 같은 내 집
겨울이면 문풍지 우는 소리 애처럽고
여름이면 등잔불에 밤 나비 번잡하던
나의 어린 시절의 보금자리여!

처음으로 어머니를 부르고
첫 걸음 내디디여 푸른 하늘 맑은 호수를 본…
초가삼간
이따금이따금 기억에 떠오르네

아직도 어머니 음성 또렷이 들려오고
"이랴, 빨리 가자!"
소 모는 아버지 모습 생생하니
초가삼간이나마
나는 너의 품에서 처음
로력의 열정, 삶의 뜻을 배웠노라
지금 큰 집 주인으로
아담한 신식 주택에
두 아들 근심없이 모록모록 자랄 때
어찌다 초가삼간 철없이

눈앞에 떠오르면 가슴이 저리네

– 맹동욱, 「초가삼간」 전문(레닌기치, 1972. 2. 12, 문예페지)

화자는 지금 "큰 집 주인으로" 가족과 "근심없이" 살고 있지만 고향을 생각하면 "가슴이 저리"다고 고백한다. 화자에게 고향은 "흩어진 짚가리 같"이 허름한 공간으로 그려지고 있다. 그러나 "초가삼간이나마" 그 공간은 "처음 어머니를 부르고", "삶의 뜻을 배운" 최초의 공간이다. 이를 통해 환기되는 고향집의 정경과 과거 시간으로의 회상은 내면화된 화자의 정체성을 일깨워주는 제재가 된다. 어머니의 또렷한 목소리와 아버지의 소 모는 생생한 모습, 고향의 토속적인 이미지 구현은 고향에 대한 그리움을 한층 배가시킨다. 이처럼 '고향'은 과거의 기억과 경험이 현재적 시점에서 함께하는 시·공간적 교차의 지점으로서, 동질적 기억을 형성하고 회상기억으로 재현된다. 시 속에서 과거지평으로서의 집은 존재의 출발이면서 뿌리이자 중심인 곳이다. 이러한 실존 지평으로서의 과거에 대한 의식은 현존이 과거와의 직접적인 연장선상에 있기보다는 단절 속에 있을 때 더욱 강화된다. 이런 강화로 인해 개인의 의식 역시 과거 지향적이 되는 것이다.

김세일의 다음 시에서도 고향에 대한 그리움은 진하게 드러난다.

내 고향 원동은 참 좋기도 해요
내 살던 고장은 더 훌륭하지요
그 곳 떠난지 스물 다섯해건만

잊을래 잊을 수 없는 그 고장이
생시면 맘 속에 숨어 있다가도
꿈이면 나타나 보이군 합니다.

고향 원동을 난 잊을 수 없어요
신기하게 아릿다운 산천 경개
구슬 물결 눈부시는 바다 풍경
지금도 기억에 새로운 그 모습이
생시면 맘속에 숨어 있다가도
꿈이면 나타나 보이곤 합니다.
어머니 젖 먹으며 자라던 시절
죽마 타고 놀던 "송아지"동무들
내 청춘까지 두고 온 정든 고향
아, 부모 맛잡이를 어찌 잊으리
생시면 맘 속에 그려 두었다가도
꿈이면 찾아가 반가이 봅니다.

우리들이 꾸미던 옛 보금자리
선렬들이 성전에 피 흘린 성지
우리 로력의 영예 꽃 피던 동산
아, 황천에 간들 내 어찌 잊으리
생시면 맘 속에 그려 두었다가도
꿈이면 찾아가 반가이 봅니다.

언제나 없이 웅장한 건설의 도시

나날이 알뜰히 꾸며지는 원동

이 나라의 들끓는 정열 속에서

행복의 꽃 피여 오르는 내고향

꿈이면 나는 반겨 찾아가 보곤

생시면 남들하고 자랑합니다.

　　－ 김세일, 「내 고향 원동을 자랑하노라」 전문(시월의 해빛, 1971, p.192)

　연해주에서 생활하던 시절, 고려인들에게 연해주는 떠남의 장소였고 조선은 귀환의 장소였다. 그러나 연해주에서 강제이주를 당하게 되면서 연해주는 귀환의 장소로, 중앙아시아는 떠남의 장소로 자리바꿈을 하게 된다.

　위의 시에서 화자가 인식하고 있는 고향은 가난에 찌들어 버리고 떠나온 고향의 모습이 아니라 파괴되지 않은 원초적 공간으로 '남들에게 자랑' 하고 싶은 공간이다. 그러나 고향을 떠난지 "스물다섯해"가 지났지만 "내 청춘까지 두고 온 정든" 고향은 "황천에 간들" 잊을 수 없는 공간이다. 그러나 화자에게 고향은 생시에는 마음 속에 숨어 있다가 '꿈' 에서만 찾아갈 수 있는 곳이다. 이것은 고향을 그리워할 수 없는 억압적인 당대 상황으로 볼 수 있다. 그렇지만, 생시에는 남들에게 그 고향을 '자랑' 하는 행위가 지니는 긍정성은 고향에 대한 가치를 확대한다. 시의 기본적인 현실인식 역시 밝고 희망적이다. 우선 시어의 쓰임으로 보아도 '아릿다운', '눈부시는', '행복의 꽃' 등의 희망적인 상징어가 등장한다. 이는 과거의 그리움을 표현하는 것이자 현재의 어려움을 지탱해 주고 있는 시어인 것이다. 유년 시절을 보낸 고향은 일생을 지배하며 그리움을 수반한다. 특히 도시가 아닌 시골이 고향인 사람은 문명으로부터 벗어난 자연에 대한 친화 의식을 갖게 마련이다. 고향을 이루고 있는 산과 들, 바다, 강 등 자연 모두가 그리움의 대상이 되며, 타향에서의 서러움과 외로움을 위로받는 대상이 된다. 고향은 자신이 태어난 땅으로 자신의 영혼의 뿌리가 되는 근원이라 할 수 있다. 또한 안식처로서 가장 친근하고 가까운 공간이다.

그리워하는 과거의 대상이 부재할 때 유발되는 정서인 향수는 지나간 것들에 대한, 구체적으로는 어린 날과 과거의 경험에 대한 회귀를 의미한다. 이는 원초를 향한 복귀이며 친숙한 것들에 대한 집착이다. 이는 자신의 소원 성취 욕구가 현실적 좌절을 경험할 경우 자아가 현 단계보다 더 어렸을 적으로 돌아감으로써 자신을 보전하고자 하는 일종의 퇴행과도 같은 것이다. 유년 시절을 향한 꿈은 언제나 다시 시작할 수 있다는 가능성이 주어진 삶의 원칙이므로 허무와 상실감을 느끼는 사람에게 많은 위안과 새로운 용기를 주기도 한다.

유년 시절
짓궂기며 흘러간 시절
가난과 몽매의 그 마을은
늘 혀 끝에 오른다
어쩌다 겨우

한가락 얻어먹고 나빠하던
그 엿가락,
혀밑에 단 침을 돋구던 엿가락
벼짚 이영 끝에 줄기줄기
얼어붙은 고드름 줄기
배줄기도 얼어붙이는 고드름 뜯어
우드득 우드득 씹어먹던
그 시절

기억된다
종이토시목에 쳐넣던 당콩알 네알
쾌 아니면 쑹,
쑹 아니면 컬
성냥가지 열가지
여위디 여윈
성냥가지 열가지
아쉽다 아쉽게 헤여주던
까므락거리는 등불로 밤을 태우던

그 시절
쪼들린 살림에 허물어진 초가집
지금도 눈굽에 깔깔한 티끌 티끌

우리동네 아주머니, 누이네들
종이토시목 떨어지는
당콩알의 그 형적에
앞날의 운수라도 날린 듯
당콩알의 그 알안에
눈 캄캄히
정신을 팔던 밤,
그 밤은 실로
애타는 밤이었다
그 밤은
소원 소원 따라
쩰레위손영화 감상하는,
지상조화 지혜 꽃피우는
밝은 밤이 아니고
까므락거리는 등불밑에서
가, 나, 다를 그리던 몽매의 어두운 밤이었다
쾌 아니면 쑹,
쑹 아니면 컬
당콩알의 번져지는 그 형적에
하염없이 정신을 팔던
그 수척한 얼굴들은
륙십여년 지나온 오늘에도
눈앞에 환하다

그러니 그네들을

만나기만 했으면

나는 두 손을 부여잡고

놓아주지 않으리라

정겨워 정겨워

잊어지지 않는다

그 시절

우리집 앞뜰의

버드나무가지에서

까욱까욱 울어

아프게도 가슴을 허비던

그 검정가마귀의

귀찮은 울음소리에도

외아들의 목숨마저 달린 듯

불운을 무서워서

안절부절하시던 어머니,

조반을 지으시며

가마목에서

넋을 놓던 어머니

오늘도 선하게 안겨온다

그 숨차던 옛날의

우리집 이웃들을

만나기만 했으면

따뜻한 자리를 같이하고

한 많던 이야기를

맘 씨원히 털어놓고 싶다

좋은 시대의 좋은 이야기를

나누고 나누고 싶다

          — 김광현, 「좋은 시대의 좋은 이야기를」 전문(김광현, 1986, p.127)

위 시는 유년의 추억과 회상을 소재로 화자가 살아온 시대적 상황과 향토적 정서를 그리고 있다. 화자가 기억하는 고향은 "가난과 몽매의 그 마을"이자 배가 고파 "우드득 우드득" 고드름을 씹어 먹던 공간으로 풍요와 기쁨으로 점철되지는 않을지라도 "늘 혀 끝"에 남아 있을 만큼 잊지 못하는, 돌아가고 싶은 공간이다. "당콩알놀이(콩윷놀이)"를 즐기던 "아주머니와 누이네들"이 있는 이 공간은 물질적으로는 결핍된 공간이나 억압과 지배의 고통이 없는 정서적으로 충만한 공간이기 때문이다. 가족과 이웃, 어머니, 신화, 풍속 등을 통해 전통과 민족, 역사적 체험이 복원된 고향의 모습은 화자의 기억 속에 각인되어 잠재적이고 내면화된 민족의식과 공동체적 정체성을 부여한다.

'고향'이 지니는 이 속성들은 구체적으로 말하면 그 안에 있는 '집'이 지니는 것과 같다. "고향은 집과 동떨어질 수 없고, 또 역(逆)으로도 그러하다. 집은 거주자들을 바람과 비로부터 지켜주고, 또 따뜻하게 해주며, 고요와 휴식의 공간을 주기도 한다. 이러한 편안함의 감정은 고향이라는 공간에서의 공동체에도 똑같이 적용"(전광식, 1999, pp.44~45)되는 것이다. 편안함과 보호가 있는 곳에 평화로움이 공존한다, 이것은 동심의 세계가 갖는 가장 보편적이고 중요한 특성중 하나라 할 수 있다.

화자는 어릴 적 고향에서의 이웃을 만나 "한 많던 이야기를 맘 씨원히 털어놓"고 "좋은 시대의 좋은 이야기를/ 나누고 나누고 싶"은 소망을 놓지 않는다. 어린 시절에 대한 회고는 낙원상실에 대한 안타까움과 인간애에 대한 그리움 속에서 드러난다. 어린 시절이야말로 현실적 고통이나 시련이 없는 시간이라 할 수 있기 때문이다.

잘 있느냐, 그동안
정깊은 신한촌!
지난밤 꿈결에도
또 너를 보았다

내 살던 작은집
내 심은 버드나무
행복에 넘쳐 딩굴던
바다언덕 금잔디
오, 항상 그립다
맘속에 못잊겠다
날 고히 길러준
은혜많은 신한촌!

아무르만의
신비로운 달밤
오리알 물결우에
한숨도 띄였고
희망에 뛰는 맘
청춘의 맘
수평선에 뜬 배와 함께
만리에 보냈다

마아산 청강판에
눈보라 칠 때
행복의 길 따르노라
널 찾아오던 흰옷 입은 사람들도 나는 보았고

국내전쟁의 풍랑에
함께 일떠서
시월의 전취물을 지키려
총을 메고 빠르찌산으로 가던
용감한 사람들도
나는 보았다
한도 락도 한데 엉킨
뜻많은 신한촌아,
옛추억에 타는 맘

내노래를 들어라!
금모래 은물결에
물장구 치던 때
오월단오 명절날에우승기 타던 때

그때는 소년시절
큰희망 끓던 때
그러나 오늘은

백발이 휘날려
타오르던 불길도
고개를 숙였다

그러나 아직도
끓는 내맘,
시월의 오십고개에
올라선 내맘!

청춘으로 또다시 돌아와
창조에 뛰노는 조국땅우에
생의 노래 띄우노라!

– 연성룡, 「신한촌」 전문(연성룡, 1983, pp.57~59)

화자는 꿈속에서 유년시절을 보낸 연해주 신한촌을 만난다. 이런 행위는 "지난밤 꿈결에도/또 너를 보았다"라는 부분에서 알 수 있듯이 오랫동안 반복되고 있다. 화자는 금모래 은물결에 물장구를 치거나 "오월 단오 명절"에 우승기도 타던 꿈 많은 소년에서 이제는 백발이 휘날리는 오십고개를 넘어서 있다. 그러나 고향은 마음의 안식처로 남아 있다. 화자에게 고향은 현재 나의 인생의 허무감을 극복하게 해주는 공간이다. 현실의 사회적·정치적 실재 속에서 체제에 순응하고 적응하며 생존해야 하는 이들에게 이러한 '고향'에 대한 그리움 및 과거로의 복귀는 원초적 세계로 회귀하여 현실의 어려움에서 벗어나고자 하는 화자의 의식을 반영하는 것이다.

소천어를 잡던 시내물
떼놀이를 즐기던 집뒤의 늪,
나물캐러 다니던 숲,
썰매를 타던 앞산,

날마다 물길던 길,
눈보라치는 저녁이면
난로에 감자를 구우면서
포부를 나누던 옛벗들.
어린시절 보낸
싸할린을 떠난지도
어느덧 수십년이건만

어쩐지 잊을 수 없나니

사람은 누구나 다
옛 마을을 그리워하니
조국을 사랑하는 마음도
여기서 시작되는가 하노라

- 주영윤, 「어린시절을 보내던 고향」(해바라기, p.160).

화자가 인식하고 있는 고향은 가난에 찌든 고향의 모습이 아니라 "소천어를 잡고" "떼놀이(작은 뗏목을 타고 노는 놀이)를 즐기"고 "썰매를 타던" 파괴되지 않은 원초적 공간이다. "눈보라 치는" 혹독한 추위에도 아랑곳하지 않고 친구들과 "난로에 감자를 구우면서" 이야기를 나누던 충만한 공간이다. 그리고 유년의 자아 또한 일상적 자아와 본래적인 자아가 분열되기 이전의 통합된 자아라 할 수 있다. 화자에게 고향은 "싸할린을 떠난지도/어느덧 수십 년"이 지났지만 잊을 수 없고 돌아가고 싶은 곳이다. 그리워하는 과거의 대상이 부재할 때 유발되는 정서인 향수는 지나간 것들에 대한, 구체적으로는 어린 날과 과거의 경험에 대한 회귀이다. 이는 원초에로의 복귀이며 친숙한 것들에의 집착이다. 이는 자신의 소원 성취 욕구가 현실적 좌절을 경험할 경우 자아가 현 단계보다 더 어렸을 적으로 돌아감으로써 자신을 보전하고자 하는 일종의 퇴행 같은 것이다. 유년 시절을 향한 꿈은 언제나 다시 시작할 수 있다는 가능성이 주어진 삶의 원칙(G.바슐라르, 김현 역, 1979, pp.114

~115)이므로 현실에서 허무감을 느끼는 사람에게 위안과 새로운 용기를 준다.

대체로 유년시절은 행복한 공간으로 남아 있게 마련이다. "자아의 형성과정을 살펴보면 어린 시절수록 인간의 의식은 세계와 근접의 거리에 있으며 좀더 쉽게 일치감을 느낄 수 있고 대립과 갈등으로부터 멀리 떨어져 있다"(이은봉, 1994, p.390)는 것을 염두해 둘 때, 위의 시 속 화자는 몽상과 기억이 통합된 옛집의 행복한 이미지를 끌어와 "보호받는 추억을 되삶"으로써 현실에서 오는 불안감이나 상실감을 치유하고자 하는 것으로 파악할 수 있다.

> 찬바람 흘러드는 차창가 아득히
> 떠나온 내 고향은 수 천리건만
> 머리 밑 희뜩 해진 오늘이건만
> 때없이 그리운 곳 고향이라네
>
> 진달래 곱게 피는 고향 언덕에
> 하아얀 연 띄우며 뛰놀던 시절
> 철없이 바라보던 푸른 하늘이
> 때없이 그리운 곳 고향이라네
>
> 따뜻한 봄바람 산들 부를 때
> 가슴은 설레어도 말은 못하여
> 멀리서만 바라보던 그 아가씨 모습

때없이 그리워지는 곳 고향이라네

화자에게 "고향"은 "수 천리" 떨어져 있는 공간이지만 "연을 띄우며 뛰놀던" 유년의 추억을 간직한 곳으로 "때 없이" 그리워지는 곳이다. "진달래"가 피고 "푸른 하늘"이 있는 그곳은 현재의 삶에 대한 환멸과 깊숙이 등을 맞대고 있는 공간이다. 추억 속으로의 회귀는 미래를 향한 희망 대신 현재를 위한 최소한의 위안을 얻으려는 심리의 소산이라 할 수 있다. 회귀를 통해 위안을 얻으려는 욕망은 불행했던 과거조차도 그리움으로 회상하는 시들을 낳는다. 왜냐하면 화자가 진정으로 그리워하는 대상은, 비록 외부의 힘에 의해 파괴되는 과정에 놓여 있었을망정, 자연과의 합일이 가능했던 삶이 여전히 유지되고 있었던 공간이기 때문이다. 사라진 과거에서 진정한 존재의 근거를 찾고자 하는 시인에게, 추억은 쓸쓸하지만 따뜻한 충족의 시간들을 가져다준다. 이러한 충족의 공간은 지금 이 현실에서는 찾아볼 수 없다. 단지 화자의 기억 속에만 존재한다. 그럼에도 불구하고 고향을 통해 주체성을 회복하고자 한다.

이는 더 나아가 고통스런 상흔을 전면으로 꺼내 보이고 그 상처를 치유하는 단계로의 가능성을 보여준다. 즉 상흔의 체험과는 전혀 무관한 사건이나 인물을 불러와 훼손된 기억과 자리바꿈을 시키는 것이다. 따라서 근접해 있던 강제이주의 기억은 임의적으로 희미해지고 퇴색하기 쉬운 옛 사건이나 인물들은 다시 호명됨으로써 선명해진다. 여기서 기억은 단순히 과거의 회상을 의미하는 것이 아니라 강제이주라는 억압이 각인된 고통이다. 고통의 기억은 온전히 치유되지 못하므로 주체의 무의식 내에서 억압되고 위장된다. 기억의 삭제는 구체적으로 강제이주라는 상흔의 삭제와 은폐를 의미하며 이는 기억의 왜곡을 통해 기억의 영향을 받는 현재를 분리함으로써 상흔을 극복하려는 주체적 의지로 이해할 수 있다.

이렇게 볼 때 시 속 화자들의 귀향의식은 고향을 통해 견고한 정체성을 확보하고자 하는 욕망과 맞물린다. 따라서 이는 지배계급 하의 위기감 속에서 안정된 정체성을 누릴 수 없었던 당시의 현실과 관련지어 볼 때, 고향을 떠올림으로써 그러한 위기감에서 탈주하고자 하는 주체의 욕망이 반영된 것이라 할 수 있다. 이는 주체가 자신의 결핍을 채워줄 대상을 찾고자하는 욕망의 과정이자 유토피아적 세계에 대한 열망으로 확장된다.

3) 출구로서의 공간 지향

강요된 동질화는 그것에 가까운 닮음을 요구한다. 이는 호미 바바가 말한 식민지적 모방을 환기한다. 호미 바바에 의하면, "식민지적 모방은 '거의 동일하지만 아주 똑같지는 않은 차이의 주체로서' 개명된 인식 가능한 타자를 지향하는 열망"(호미 바바, 나병철 옮김, 앞의 책, p.178)이다. 이때 거의 동일하지만 '아주 똑같지는 않음'이라는 모방의 양가성은 소비에트와 고려인 관계에도 적용할 수 있을 것이다. 이 양가성은 "지배자가 피지배자를 파악하여 지배하기 쉽도록 만들기 위해 '나를 닮아라'는 요구를 하는 동시에 식민 지배의 체제를 유지하기 위해서는 '나와 같아서는 안 된다' 는 모순적 요구를 하는 것"[52]이다. 이런 것을 허용과 금지가 뒤섞인 지배자의 양가적 요구라고 할 때, 고려인 역시 이와 유사한 양상을 보인다. 강제이주 후 소비에트는 고려인들을 받아들이긴 하였으나 실질적으로는 고려인에 대한 차별이 상존하고 있었다. 그러나 고려인들은 이런 현실 속에서도 고려인 자신들의 언어문자를 지켜왔다. 지배 질서의 이데올로기나 정책에 부응하되, 민족 언어를 고수함으로써 민족적 고유성과 정체성을 지켜온 것이다. 따라서 지배 질서와 동일화를 가시적으로 내세우지만, 그 내면에는 고려인의 정체성을 지키고자 하는 의지가 작동했다고 볼 수 있다. 이는 결핍의 공간을 인식하고, 강제된 이미지를 거부함으로써 정체성의 회복과 유토피아의 의미를 지닌 출구로서의 제3의 공간 탐색으로 이어진다.

제국에 대해 제3세계의 식민지가 부당하게 억압된 관계에 있는 한 그것에 대해 의식적으로 저항하는 것은 지극히 당연한 일이다. 그러나 설령 그런 저항에 의해 식민주의적 억압에서 벗어난다 해도, 제국과 대치하는 순수한 민족 정체성에 집착할 경우 또 다른 동일성이 만들어질 뿐 대립은 무너지지 않는다. 이와 달리 제국과 하위주체간의 적대적인 경계선이 해체되기 위해서는, 경계선의 양

---

52) 양가성은 본래 정신분석학 용어이다. "하나의 대상에 대한 관계에서 서로 상반되는 성향이나 태도 혹은 감정—전형적으로 사랑과 증오—이 공존하는 것"을 의미한다. 장 라플랑슈·장 베르트랑 퐁탈리스 공저, 임진수 옮김(2005). 정신분석사전. pp.239~240.

쪽을 넘나들며 '혼성성'을 지닌 제3의 공간을 생성시켜야 한다. "제국과 하위주체간의 틈새에서 만들어지는 제3의 공간이야말로 민족적 주체성을 지닌 동시에 타자(제국을 포함한 다른 민족들)에게 배타적이지 않는 새로운 민족 정체성을 창조할 수 있기 때문"(나병철, 2005, p.13)이다.

혼성성은 서구문명에 동화시키려는 권력에 맞서는 문화적 힘을 의미한다. 이는 역동적인 차이작용으로 나타나는데, 신문명(서구문명)/토착문명(피식민자의 문화)의 본질주의적 대립을 넘어선 제3의 공간에서 새로운 문화를 창조한다(나병철, 위의 책, p.122). 문화적 혼성성을 생성시키는 제3의 공간은 식민자와 피식민자의 사이에 낀 곳에 위치한다. 그곳은 또한 상징계와 실재계, 재영토화와 탈영토화의 사이의 공간이기도 하다. 그러나 이도 저도 아닌 이 제3의 위치에서 생성되는 혼성성이라고 해서 단지 뒤죽박죽된 혼합물이라는 것은 아니다. 나병철에 의하면 문화적 혼성성이란 서구적 근대문화를 타자로 받아들이면서 그 권력관계를 역전시켜 주체적 문화를 창조해내는 전략으로, 이와 같은 혼성성을 창조하는 제3의 공간이 나타나는 대표적인 양식은 문학이라 하였다(나병철, 앞의 책, pp.188~198).

강제이주를 당한 고려인은 식민자로 대변되는 지배세력과 피식민자의 사이에 낀 곳에 위치하여 혼성성을 띤다. 인간은 닫혀진 공간 속에서 보호받기를 원하지만 항상 갇혀진 존재가 되는 것은 원하지 않는다. 닫힌 공간은 피난처의 가치를 지니는 반면 감옥으로서의 가치도 지니기 때문이다. 고려인 시문학에 나타나는 출구로

서의 공간은 과거 이주 이전의 공간이나 이주 후 소비에트라는 지
배질서 하의 공간에서도 발견할 수 없는 공간이다. 이는 현 시점에
서 불러오는 과거 속의 공간으로 또 다른 창조의 공간이기도 하다.

> 마음이 고달플 때
> 나는 아무르강을 찾아갑니다
> 자애로운 어머니를 찾아가듯
> 유유히 흐르는 물결 바라보노라면
> 어느새 괴로움도 풀려집니다
>
> 막히는 일이 생길 때도
> 나는 강가를 찾아갑니다
> 제자가 스승을 찾아가듯
> 계곡도 여울도 다 지나온 물결은
> 세상에 안되는 일 없다고 이깨워줍니다
> 기쁜 일이 있을 때도
> 나는 아무르강을 찾아갑니다
> 병사가 장관에게 보고하러가듯
> 강물의 흐름소리는 교향곡마냥
> 나를 힘차게 고무해줍니다
>
> — 주영윤, 「아무르강」 전문(해바라기, 1982, p.162)

'마음이 고달플 때'나 '막히는 일이 생길 때' 그리고 '기쁜 일

이 있을 때' 화자는 아무르강을 찾아간다. 이곳은 나의 괴로움을 풀어주는 곳이다. 일반적으로 '물' 은 생명의 근원이며 생명을 잉태하고 발생시키는 이미지로 일컬어진다. 나아가 '물' 은 막힌 공간을 넘어서는 새로운 세계로의 출구의 의미를 지닌다. 화자에게 아무르 강은 위로와 치유의 공간이자 "나를 힘차게 고무"해 주는 공간이다. 그러나 아무르 강은 화자의 본질적인 치유의 공간은 아니다. 이때 아무르 강은 일종의 접경지대 혹은 월경공간의 은유이다. "탈식민적 정체성에 결정적인 고정된 동일시 사이에 놓인 일종의 통로 역할"(피터차일즈와 페트릭 윌리엄스, 김문환 역, 앞의 책, p.289)을 한다고 볼 수 있다. 제3공간으로서의 아무르 강은 권위에 대항할 수 있는 혼종적인 공간인 것이다.

> 수십년전 이 고장에 와
> 우리 심은 백양나무 자라
> 치르치크 풍년벌을 지키는데
> 우거진 록음 농부들의 쉬터 되었네
> 오늘도 쉼참에 거기 모였구나
> 목화 따는 꽃나이처녀들아
> 풍년벌 탐스러워 흥겨워하누나
> 조선처녀, 우스베크처녀들이
>
> 여러태머리 우스베크처녀
> 넌짓 앉더니 쥐는구나 돔브라를

어쩌면 그리도 잘 타느냐
조선민요 아리랑 곡조를

목화송이 만지는 손이
그리도 날쌜줄 뉘가 알랴
돔브라 줄 퉁길제 그손이
나비처럼 춤을 추는구려!

일처럼 노래 즐기는 처녀들
돔브라 가락에 맞춰 부르네
청아한 아이랑 노래를
흥겹게 흥겹게 부르네

노래처럼 춤도 즐기는 처녀들이
아리랑 곡조에 성수나니
서로서로 손잡고 춤을 춘다
빙빙 돌며 친선의 원무를 춘다

아리랑 아리랑 아라리오
아리랑 고개를 넘어온 아리랑아
해마다 만풍년 드는 치르치크벌에
네 오늘 친선의 멜로지야 되었구나!

　　　– 김세일, 「치르치크의 아리랑」 전문(레닌기치, 1970. 12. 5, 문예페지)

"아리랑"은 시 속에서 말하듯이 조선의 민요이다. 강제이주를 당한 고려인들은 목화밭에서 일을 하다가 이주 후 자신들이 심은 백양나무 아래에서 잠시 쉬고 있다. 그때 여러명의 "조선처녀/우즈베크처녀들"이 모여든다. 조선 처녀들이 "조선민요 아리랑"을 부르자 "우즈베크처녀"들은 그들 민족의 악기인 돔브라를 연주하며 노래에 반주를 맞춘다. 두 민족의 처녀들이 노래를 부르며 춤도 추고 즐기는 정경을 그리고 있다. 이민족이 마음 놓고 자신들만의 노래를 부르고 자신들만의 악기를 연주한다는 것은 서로를 인정하는 과정이자 나아가 우즈베크 민족과 고려인 민족의 갈등과 대립과 반목이 무화된 화합의 공간이다. 따라서 현실을 떠나 안정을 찾을 수 있는 합일되고 충만한 공간으로의 지향을 꿈꾸는 화자의 욕망을 엿볼 수 있다. 현실의 영역에서 회복되지 못한 문제는 탈위치화되고 재편된 세계로 지향한다.

유토피아의 지향은 주로 종교사상이나 동양적 전통정신의 선험적인 관념에 의해 드러난다.[53] 그러나 아래의 시에서 살펴볼 수 있듯이 고려인들의 유토피아 지향 의식은 현실적 자아가 상처받지 않을 만한 충만한 공간으로 회귀하고자 하는 의지로 드러난다.

나는 죽고 죽어
아홉 번을 죽더라도

---

53) 종교는 본래 삶의 이상을 구현하는 데에 그 목표가 있다. 따라서 그것은 항상 그 나름의 낙원을 설정함으로써 정당성을 얻는다. 이은봉(1993). 한국현대시의 현실인식. pp.205~211.

다시 살아나겠습니다

설레이는 내 마음을

마지막 번 달래려고

꼭 일어나겠습니다

씌르다리야강 기슭에

몇 자욱 더 남겨 놓으려고…

우리 고장 꽃바람에

다시 한번 안겨 보려고…

민요의 예쁜 흐름에

한바탕 또 몸을 적시려고…

그리고 이 몸이

영영 떠나갈 때면

저 하늘 푸른 쪼각 하나

눈 속에 감추고 가겠습니다

– 강태수, 「푸른 쪼각 하나」 전문(레닌기치, 1989. 4. 29, 문예페지)

화자가 "아홉 번" 죽어서라도 가 닿고 싶은 공간은 민족의 노래인 "민요"가 흐르고 "우리 고장/꽃바람"이 부는 "씌르다리야강기슭"이다. 마음 놓고 민요를 부르며 흠뻑 취할 수 있는 곳, 화자가 죽어서라도 가져가고 싶은 "하늘 푸른 쪼각"이 있는 곳이다. 그곳은 "꽃바람"이 부는 낙원의 공간이며 순수한 시절의 추억을 불러 일으키는 공간이다. '씌르다리야강'은 카자흐스탄 크즐오르다를 거쳐 흐르는 강 이름이다. 따라서 그곳은 과거 이주 이전의 공간이 아니며 또한 이주 후 생활하게 된 공간도 아니다. 그곳은 지배질서의 억압이 공존하지 않는, 화자가 살고 있는 현실과는 상반되는 제3의 공간이라 할 수 있다.

> 피였구나 민들레
> 봄을 안고 곱게 웃으며
> 금잔디우에 아름답게
> 피여서 맑게 웃는 민들레꽃
>
> 망울지고
> 피여서
> 날아가는 민들레야
> 양산을 떠이고 어디로 가느냐
> 산들바람에 너울너울 춤추며
> 네 날아가는 곳은 어디더냐
>
> 너와 함께 날고싶은 이내마음
> 나도 훨훨 나고날아
> 너와 함께 구경하련다
> 꽃피는 이 광야를…
>
> — 남철, 「민들레 피는 봄날」 전문(레닌기치, 1983. 5. 26, 문예페지)

위의 시에서 민들레가 날아가는 곳은 화자가 가고자 하는 곳과 동일선상에 놓인다. '꽃피는 광야'는 현실세계에서는 가 닿을 수 없는 낙원과도 같은 곳이다. 고단한 현실의 삶을 떠나 날아가 닿고 싶은 이 공간은 상상적 이미지로 재구된 곳으로 순차적 연대나 실제적 지형으로 측정할 수 없는 곳이다. 그러나 어느 곳에서도 진정한 낙원의 의미를 부여할 수 없는 '부유(浮游)'의 과정은 탈식민지인들이 겪어야 하는 불안정성과 방황의 과정과 일치한다. 이때의 낙원은 탈식민사회에 필연적인 불연속성을 극복하고 조각난 정체성, 단절된 역사, 낯선 정착지 등을 하나로 통합할 수 있는 어떤 장소의 기능을 지닌다. 이러한 낙원과 현실세계 그 어느 쪽에도 속하지 못한 채 그 사이를 오가는 화자는 민들레 꽃씨처럼 "너울너울 춤추며" 새로운 공간인 낙원을 향해 나아가고 싶은 것이다.

누가 무연한 초원으로 가보았소
호인의 마음마냥 넓은 초원을
새별지자 해솟는 이른 새벽에
풀숲마다 비단안개 일어나는 때
밤이슬에 젖었던 양귀비꽃들이
해맞이 하노라고 몸단장하는 곳,
그러면 류랑하던 선들 바람이
그 꽃밭을 들렸다 가는 곳
해질무렵엔 저녁하늘 황홀합니다
진홍색 구름이, 저녁노을이
간절한 공상에로 부를거웨다

부드럽고 잔잔한 그 초원을

걷다가 걷다가 맥진하거던

따뜻한 모래밭에 누워보세요

밤하늘의 별나라 바라보며는

이곳이 정녕 락원이웨다

아 구수한 들쑥냄새에

달콤한 꿈까지 볼것이웨다

그런데 내나 당신이 가지 않으면

그 숨소리 누가 느끼오리까!

– 양원식, 「초원 」 전문(해바라기, pp.145~146)

　시 속에서의 초원은 다분히 환상적인 공간으로 그려지고 있다. "호인의 마음마냥 넓은" 곳으로 "풀잎", "양귀비꽃"과 "밤하늘 별들", "바람"이 있는 공간으로 자연이 살아있는 이곳은 도시 공간과는 대비되는 문명 이전의 원형적 모습을 간직한 원시적인 곳임을 알 수 있다. 이 곳은 "달콤한 꿈"의 공간과 "부드럽고 잔잔한" 평화로운 초원의 이미지가 중첩된 공간이라할 수 있다.

전등불 밑에 홀로 서 있는 저 총각이

그 누구를 기다리느냐, 그 누구를?

비 내리네 비가 내리네, 가을 비가

가을비가 쉴 새 없이 계속 내리네

그래도 그는 기다리네

기다리네, 기다리네

옷도 젖고 신도 젖고 푹 젖었네
저 총각 누구를 기다리느냐, 그 누구를
꽃다발도 비에 젖었네, 폭 젖었네
가을비가 쉴 새 없이 계속 내리네
그래도 그는 기다리네
기다리네, 기다리네

– 연성룡, 「가을비」 전문(1983, p.88)

화자는 기다리고 있는 '누구'가 쉽게 오지 않음을 알고 있다. 그럼에도 그는 가을비에 "옷도 젖고 신도 젖고 푹 젖"은 채 기다리고 있다. 그가 기다리는 '그 누구'는 바로 계속해서 내리는 '가을비'에 "옷도 젖고 신도 젖"은 절망적인 상황을 뚫고 오는 사람이다. 그 사람은 화자가 가고자 하는 새로운 세계에서 오는 사람인 것이다. 따라서 마지막의 "기다리네/기다리네, 기다리네"라는 언술은 새로운 공간을 통해 회복을 이루고자 하는 열망의 표현으로 읽을 수 있다. 연성룡의 다른 시 「기다림」[54]에서도 이러한 이미지를 엿볼 수 있다. "앵두나무 꽃사이로/삼태성이 비쳐있고/철따라 고향찾아/기러기때 오건만은/님은 언제 오시려나/오시겠다 하신 말씀/믿고믿고 기다려요"에서 님은 출구로서의 의미를 지닌 새로

---

54) 연성룡, 앞의 책, p.88.

운 공간으로 비유할 수 있다. 쉽게 오지 않는 새로운 공간인 출구
를 믿고 기다리는 화자의 간절한 마음을 찾을 수 있다.

천산 너머 내 고향은

아득히 멀어도

그리움에 가득차

마음 속 깊은 곳에 설레입니다

구름 너머

저쪽의 아지랑인양

봄볕 타고 이글대는

고향 사투리

낯선 땅 떠도는

나그네를 달래주듯

정답게 소곤대며

살뜰한 향수로 달래줍니다

고향이사 천산 너머

멀리 있어도

마음 속 깊은 곳에

넘실 댑니다

　　　　　　　　　　　　　　－ 박현, 「천산 너머 내 고향은」 전문(고려일보, 1996. 9. 28, 문예페지)

잃어버린 낙토(樂土)에 대한 동경은 파괴된 현실에서 기인한다.

그리고 그것은 현실이 고되고 악화될수록 더 증대되고 극대화된다. "낙원 지향성의 작품은 소망스러운 이상세계를 추구해 나가고자 하는 공통된 심리적 성향을 지닌다"(김종회, 1990, p.157)고 볼 때, 위의 시는 이를 잘 보여주고 있다. 시 속의 고향은 과거의 고향이 아니라 화자의 마음속에 그려진 이상세계이다. 화자는 지금 낯선 땅을 떠돌고 있기에 "아득히 멀리 있어" 갈 수는 없지만 그곳은 "봄볕"에 "아지랑이"가 이글대며 피어오르는 몽환적인 공간이자 같은 "고향사투리"를 쓰는 사람들이 정답게 살고 있는 곳이다. 이러한 공간은 "마음 속"에 있는 공간이자 상상 속에 존재하는 공간이다.

유토피아는 실재로는 존재하지 않는 상상으로 희구하는 공간이다. 유토피아에는 사회의 실재 환경과 직접적인 혹은 전도된 유비의 관계를 유지한다. 유토피아는 완전하게 상정되거나 전도된 사회 그 자체를 표상하기도 한다. 어떤 방식이든지 일반적으로 유토피아는 기본적인 본질상 비실재적인 공간이다. 그럼에도 불구하고 시의 화자는 유토피아를 향한 의지를 놓지 않는다. 이는 지난한 현실의 삶을 극복하고자 하는 의지와 상통한다.

> 끝내 가리다
> 그대여! 나를 깨우라
> 그대여! 나를 부르라
> 영원히 정든 그곳
> 잊은 강 잊은 벌판
> 갈매기 울음 요란한 호수로

그대와 만나던 곳

아낌없이 주고받은 사랑

또 그대와 허무하게 리별한

그곳으로 나를 어서 데려가라

지금은 기억이나 하련지

보고도 알련지

나없이 몇해가 지났던가

길이여! 나를 부르라

이 고장 버리고 나는 가련다

전날의 기쁨 회복하고

리별의 슬픔 땅속에 묻으리

정에서 나오는 야릇한 눈물로

그대 아프던 마음 씻어주리다

– 맹동욱, 「나는 가련다」 전문(레닌기치, 1981. 3. 27, 문예페지)

"강"과 "벌판"은 "영원히" 정든 곳이며 "그대와" 만나 사랑을 주고 받은 곳, 그리고 이별의 공간으로 추억이 깃든 곳이다. 화자는 그곳이 나를 기억하지 못하더라도 그곳에 다시 돌아가 잃어버린 기쁨을 회복하고 싶고 슬픔을 잊고 싶다는 간절한 소망을 가지고 있다. "끝내 가리라"라는 말에서 화자의 굳은 의지를 엿볼 수 있다. 그러나 그곳은 "나를 깨"워 어서 데려가라고 말하지만 쉽게

갈 수 없는 곳임을 알 수 있다. "길이여! 나를 부르라"고 말하지만 "그대"와 "길"의 대답은 들을 수 없다. 그러나 그곳은 "이 고장 버리고"서라도 찾아가고 싶은 곳이다. 죽음을 감내하고라도 찾아가고자 하는 그곳은 이별의 슬픔이 "땅 속에 묻"혀 있는 오로지 사랑과 기쁨만이 존재하는 유토피아의 공간이다. 유토피아 공간으로 회귀하고자 하는 화자의 이러한 인식은 궁극적으로 현실의 불균형과 시련에서 벗어나고자 하는 것으로 읽을 수 있다.

"문학작품에서 유토피아의 지향은 전통적으로 현실세계의 억압 및 핍박으로부터의 탈출을 전제로 한다"(김석하, 1973, pp.1~3)고 했을 때 이러한 욕망은 현실의 고통과 실존적 불안에서 비롯된다. 이는 태초의 회귀를 통한 재생에의 욕망과도 맞닿아 있다고 할 수 있다.

이와 마찬가지로 고려인 시문학에 나타나는 공간 지향은 위에서 살펴본 바와 같이 출구로써 제3의 공간 즉, 유토피아의 공간을 상정하여 현실에서의 불안감이나 상실감을 치유하고자 하는 양상을 띤다.

Ⅳ. 고려인 시문학의 시사적 의의

　　고려인 시문학을 탈식민주의의 관점에서 살펴볼 수 있는 일차적 근거는 고려인 역시 한민족으로서 일제 식민시대를 경험하거나 혹은 지배질서에 의해 강제로 이주를 당했다는 데에 있다. 이때 고려인의 모든 시들이 의식적으로 탈식민주의를 표방하고 있는 것은 아니지만 그들의 시를 탈식민주의의 시각으로 볼 수 있다는 인식이 형성된다. 1937년 원동에서 중앙아시아로 강제이주를 당한 고려인들은 역사적, 정치적, 경제적, 문화적으로 소비에트라는 거대한 지배질서 하에 놓이게 된다. 그들은 한국어 교육이 원활하지 못한 상황에서도 자신들의 언어로 문학 활동을 지속하였다. 한글이라는 모국어를 매개로 창작활동을 했다는 것은 한민족의 정체성을 소비에트라는 거대 지배질서의 이데올로기에 환원시키지 않고자 하는 주체들의 저항이라 할 수 있다. 탈식민주의는 식민지국가가 제국주의에 의한 정치적 지배 체제에서 벗어났다 하더라도 문화적, 경제적, 제국주의의 속박과 잔재가 남아 있는 상황을 직시하고 제국주의의 억압적 구조로부터의 해방을 지향하는 운동이라고 할 때 소비에트 시대 스탈린에 의한 중앙아시아로의 강제이주 후 고려인들이 한글로 쓴 시문학이 어떤 과정을 거쳐 내재화되거나 변화되어 가는지를 살펴보는 작업은 탈식민주의 논의의 범주에 속한다 할 수 있다. 따라서 본 연구는 강제이주 후 고려인 시문학에서 보이는 다양한 양상들을 탈식민주의의 이론적 관점을 적용하여 살펴보고자 한다.

고려인들은 민족적 동질성을 공유한 한민족이지만 실제로는 타 국적을 갖고 있다는 경계의 이중성에 의해, 시에 나타나는 민족주의적 성격은 표면적으로만 고찰되어서는 안된다. 그들의 시에는 지배질서의 국적을 갖고 살아야 하는 혹은 갖고자 하는 이중적 경계의 틈새에서 생존하기 위한 또 다른 의식과 방식이 내재되어 있기 때문이다.

탈식민주의를 정신적인 식민 상황을 경험하고 있는 현실 속에서 고통스러운 잔해들로부터 끊임없이 벗어나고자 하는 태도라고 정의했을 때, 탈식민주의적 글쓰기와 글 읽기는 한 민족과 국가의 문화적 상황에 따라 다양하게 드러날 수 밖에 없다. 특히 중앙아시아 고려인 작가들은 실제 생활뿐만 창작 의식까지 소비에트에 점령당하고 처분에 맡기는 생활을 이어왔다. 정치 사회 역사적으로 전혀 상이한 문화 속에서 지식과 문학이라는 고도로 복잡한 의식 체계를 억압당하고 조작 당하는 상황을 그린 텍스트를 고찰하는 작업은 만만치 않았다. 소비에트라는 거대 지배질서로부터 강제이주라는 역사적 상흔을 겪은 고려인 작가의 문화적 정체성은 백지 상태가 아닌 얼룩진 상처 위에 구축된 하나의 담론, 곧 살아 있는 정치권력과 직접적인 대응관계에 있는 것이 아니라, 도리어 다양한 권력과의 불균형적인 교환과정 속에서 생산되고, 또한 그 과정 속에 존재한 것이었기 때문이다. 고려인 작가들의 텍스트는 '있는 그대로의' 묘사로서의 표상이 아니라, '조작으로서의 표상'이라는 결코 눈에 보이지 않는 흔적으로 나타나고 있었기 때문이다. 이 점을 염두에 두고 소비에트라는 거대 체제, 거대 지배질서로부터 강제이주라는 상흔을 겪은 고려인들이 쓴 시문학을 탈식민주의적 의식 양상으로 살펴보면 크게 세 가지로 나눌 수 있다. 첫째, 동일화를 통한 정체성 확립, 둘째, 지배질서에 대한 부정, 셋째, 탈주적 귀향의식과 새로운 공간 탐색이 그것이다. 이와 같은 세 가지 유형을 고려인 시문학 전체의 양상을 바탕으로 좀 더 세분해보면 다음과 같다. 동일화를 통한 정체성 확립의 양상은 ① 지배질서 이데올로기의 찬양, ② 현재적 삶의 긍정적 인식, ③ 대체기억-영웅에 대한 형상화의 양상으로 나눌 수 있다. 지배질서에 대한 부정의 양상 및 분석은 ① 강제이주에 관련된 기억 복원, ② 결핍의 공간 인식, ③ 강요된 이미지 거부-모국어에 대한 재인식으로 나눌 수 있다. 탈주적 귀향의식과 새로운 공간 탐색의 양상 및 분석은 ① 어머니에 대한 그리움, ② 고향에 대한 형상화, ③ 출구로서의 공간 지향의 양상으로 나눌 수 있다.

동일화는 주체를 보호하기 위한 방어기제 가운데 하나이다. 주체는 선망하는 대상을 닮고 싶어 하며 이를 통해 외부의 세력으로부터 자신을 지키고자 한다.

고려인들은 지배질서에 저항하기보다 맹목적으로 충성하는 것이 소수민족으로 더 이상 차별받지 않고 살아갈 수 있는 유일한 길이라 생각한다. 이러한 자발적인 동일화를 통해 고려인들은 스탈린의 소비에트 정권이 자신들에게 자행한 공포와 불안을 회피하고 대체기억을 떠올림으로써 자신들의 정체성을 찾고자 한 것이다. 이러한 시의 양상은 지배질서의 주류가 될 수 없는 주변인이 처한 삶의 한 방식을 반영한다. 그런 측면에서 동일화와 대체 기억을 설정하는 시의 유형은 언어의 이면에 절실한 생존 욕망을 내포한 위장의 노래라 할 수 있다. 따라서 이러한 시들은 고려인의 내면을 역설적으로 보여주는 것임을 알 수 있다.

지배적 질서와의 동일화는 심리적 공포와 소통 부재의 공간에서 소비에트를 새로운 고향이나 조국으로 만들기 위해 지배적 질서체계를 유토피아로 상정하고 찬양하며 현재의 삶을 긍정적으로 인식하는 양상으로 드러난다.

또한 레닌이나 스탈린, 10월 혁명, 사회주의에 대한 찬양 등을 다루고 있다. 이는 송가의 양상을 띠고 있는데, 시에 걸쳐 반복되는 칭송과 찬양의 도식화는 고려인들이 취한 일종의 위장으로 지배계급에 호응하는 방식을 통해 자신들의 입지를 공고히 하려는 의지의 반영이라 할 수 있다. 즉, 지배질서의 강요를 받아들이는 표방을 통해 '자유롭게 동의하는' '착한 주체'로 보이고자 하는 일종의 위장이라고 볼 수 있다.

다른 하나는 대체 기억을 통한 동일화이다. 이들이 택한 대체기

억은 노력영웅, 투쟁의 영웅 등을 호출하여 칭송하는 것으로 나타
난다.

강제이주 이후 고려인들은 지배질서에 편입하는 것과 체제 건
설에 동참하면서 소련을 조국으로 받아들이고자 한다. 그러나 사
실상 조국으로 받아들였다기 보다는 그들의 '부인' 의 자리에 대체
시켰다는 것이 맞을 것이다. 지배질서의 이데올로기에 의해 거세
된 주체의 부재를 인정하지 않는 심리가 곧바로 대체물을 찾으려
는 의지를 작동시킨다고 본다면 타자에 의해 조국, 고향을 잃게 된
상황에 대한 '부인' 의 심리가 고려인들에게 작용했을 것이고 소비
에트를 '조국' 으로 암묵적으로 받아들이고 현재적 삶을 긍정적으
로 받아들이고자 하는 생존전략으로 볼 수 있다. 다시 말해 지배질
서의 강령에 적극 부응하고 동화의 태도를 취하고 있는 고려인 시
문학의 시적 동일화는 지배질서 안에서 선택할 수밖에 없었던 하
나의 방편이라 할 수 있다.

탈식민주의가 의미를 가지려면 식민적 현실 속에서 정신의 탈
식민화를 실천하기 위한 저항의지의 표현이 드러나야 한다는 점을
염두 했을 때, 고려인 시문학은 지배질서에 완전히 동화하지 않고
자신들의 민족적·언어적·문화적 고유 영역을 지켜낸 결과물이라
할 수 있다.

이렇게 봤을 때 고려인 시문학에 나타나는 두 번째 탈 식민성은
상징질서 체계에 대한 부정으로 정리할 수 있다. 이는 다시 세 가
지 양상으로 나뉜다.

첫째, 실제 기억의 복원이다. 고려인 시문학에서 살펴볼 수 있

는 지배질서 체계에 대한 부정은 억압되어 왔던 실재 기억을 호명하는 것으로부터 시작한다. 이러한 행위는 억압과 숨김의 상징계로부터 벗어나고자 하는 거부의 한 양상으로, 현재의 상황의 굴레로부터 벗어나기 위한 안간힘이자 탈식민적 저항이라 할 수 있다.

둘째, 현실의 공간이 결핍의 공간임을 인식하는 것이다. 강제이주 후 지배계급과의 동일화를 통해 정체성을 찾고자 한 고려인들은 부단한 노력을 하지만 자신들이 지배계급과 같아질 수 없다는 사실을 인식하기에 이른다. 상상계에서 형성되는 주체성은 결국 허구일 뿐이다. 왜냐하면 자신이 본 자신의 총체적인 모습은 거울을 통해 본 왜곡된 허구의 모습이기 때문이다. 따라서 이에 대한 거부의 방식으로 고려인들은 또 다른 지배질서에 대한 부정과 저항의 양상으로 현실공간이 결핍의 공간임을 인식하고 그것을 극복하고 완벽한 소통의 공간을 찾고자 한다.

셋째, 강요된 이미지를 거부하는 하나의 방법으로 모국어에 대한 재인식이다. 한 민족은 그 언어를 통해 문화를 형성, 발전시키고 민족의식을 공고히 한다. 언어는 민족을 구별하는 데에 혈통, 환경, 역사, 기질과 함께 중요한 요건 중의 하나이다.

이렇게 볼 때 고려인 시문학이 문학성을 떠나 주목받아야 할 가장 큰 점은 바로 그들이 모국어에 대한 중요성과 그리움을 표출했다는 것이다. 이는 그 당시 지배이데올로기에 위배되는 것이다. '모국어'를 통한 민족적, 인종적 '기억'의 재현은 불온하고 위험한 것이기도 하다. 그러나 '모국어'는 '모국'에 대한 모든 것을 담을 수는 없다 하더라도, '모국어' 자체가 내뿜는 언어적 아우라에 의해 '모국'에 대한 상상을 무의식화 하는 작용을 한다.

　언어는 단지 의사소통수단으로만 쓰이는 것이 아니다. 언어는 현실을 재구성함으로써 우리의 세계관을 구성한다. 식민주의자와 피식민지인 모두에게 세계와 자신을 특수한 방식으로 바라보게 함으로써, 제국의 언어를 삶의 자연스럽고 진실된 질서를 대변하는 것으로 내면화하면서 지속된 것이다. 과거 일제가 조선을 식민화하기 위해 제일 먼저 실행한 것도 조선어 말살 정책이었듯이, 소비에트 당국은 언어의 이러한 역할에 대해 잘 알고 있었던 것이다. 이와 관련한 또 다른 자료를 보면 고려인 학교에서 한국어 교육이 폐지된 경우 보다는 고려인 학교 자체가 폐지된 경우가 더 많았음을 알 수 있다. 스탈린 치하에서 자신을 고려인이라고 인식하거나, 나아가 자신을 고려인이라고 선언하는 것은 생존의 위협을 자초하는 행위였다. 따라서 이러한 상황 속에서도 강요된 이미지를 거부하고 모국어의 중요성을 인식하며 모국어를 배우고자 하는 고려인들의 의식은 다분히 지배질서에 대한 부정의 한 양상이라 할 수 있다.

　강제이주는 연해주에 거주하던 한인들에게 있어 갑작스러운 삶의 단절을 가져온다. 비록 연해주 땅이 조국의 땅은 아니었지만 지리적으로나 심리적으로 한반도와 친밀성을 갖고 있었고 나름대로 민족 정체성을 유지한 채 집단생활을 영위할 수 있었기 때문이다. 주지하다시피 연해주에 살던 한인들은 독자적으로 교육, 출판, 문화 활동 등을 전개하면서 조국과의 연대의식을 놓지 않았다. 그러나 폭력적이고 야만적인 강제이주 정책은 한반도와의 모든 연계성을 끊어버리는 사건이었다. 이러한 외부조건의 억압으로 인해 지배질서와 고려인 사이에는 틈새의 공간이 생성된다. 그 틈새공간을 채우기 위한 방법으로 그들은 "어머니"와 "고향", 그리고 유토피아와도 같은 새로운 공간을 탐색한다. 그럼으로써 현실에서의 어려움을 극복하고자 한다.

정신적으로 어려운 현실상황을 타개해 나갈 수가 없다고 느낄 때, 사람들은 곧잘 과거의 어린 시절에의 향수를 느끼게 되고, 그 시절로 돌아가고 싶다는 무의식적 충동을 느낀다. 아이 때는 모든 것이 어머니에 의해서 해결되었기 때문에 자기 자신은 아무런 노력도 할 필요가 없다. 어떠한 책임도 주어지지 않고 다만 무엇이든 요구하기만 하면 되었다. 현실의 실재상황을 인식할 의지조차 필요치 않다. 그래서 사람들은 곧잘 어려운 곤경이나 정신적 번민 혹은 갈등에 부딪쳤을 때 어린 아이 때로 퇴행하고 싶은 무의식적 충동을 느낀다.

휴식의 이미지, 내면성의 이미지들의 기원에는 동일한 몽환적인 뿌리가 있다. 그것은 곧 모성이며 이들 이미지는 어머니에게로의 회귀를 지향한다. 고려인들이 현실의 어려움과 지난함에 대한 극복 방안으로 삼은 것 역시 어머니이다. 어머니에 대한 그리움은 고향에 대한 형상화로 그 의미망이 넓어진다. 고향을 찾아가는 일이란 자신의 존재의 원형을 찾아 가는 것과 동일한 의미를 지닌다. 그러나 고려인들의 귀향의식은 단순히 자아를 찾아가는 경로라기보다 좀 더 특별한 의미를 지닌다. 물질적으로는 결핍된 공간이나 억압과 지배의 고통이 없는 정서적으로 충만한 공간으로 회귀하고자 하는 욕망은 현실에서 오는 불안감이나 상실감을 치유하기 위한 하나의 방법이라 할 수 있다.

　이런 점에서 볼 때 고려인 시문학에 나타나는 귀향의식은 일종의 탈주적 양상을 지닌다. 이는 주체가 자신의 결핍을 채워줄 대상을 찾고자 하는 욕망의 과정이자 유토피아적 세계에 대한 열망으로 확장된다. 강제이주 후 소비에트는 고려인들을 받아들이긴 하였으나 실질적으로는 고려인에 대한 차별이 엄존하고 있었다. 그러나 고려인들은 이런 현실 속에서도 고려인 자신의 언어문자를 지켜왔다. 지배 질서의 이데올로기나 정책에 부응하되, 고려인은 자신의 언어를 고수함으로써 민족적 고유성이나 정체성을 지켜온 것이다.

　따라서 지배 질서와의 동일화를 가시적으로 내세우지만, 그 내면에는 고려인의 정체성을 지키고자 하는 의지가 작동했다고 볼 수 있다. 이는 결핍의 공간을 인식하고, 강제된 이미지를 거부함으로써 정체성의 회복과 유토피아의 의미를 지닌 출구로서의 제 3의 공간 탐색으로 이어진다. 이 혼성성의 영역 안에 자리한 고려인들은 그들만의 공간을 재구성하여 자기 정체성을 찾고자 한다. 고려인 시문학에 나타나는 출구로서의 공간은 과거 이주 이전의 공간이나 이주 후 소비에트라는 지배질서 하의 공간에서도 발견할 수 없는 공간이다. 이는 현 시점에서 불러오는 과거 속의 공간으로 또 다른 창조의 공간이기도 하다. 문학작품에서 유토피아의 지향은 전통적으로 현실세계의 억압 및 핍박으로부터의 탈출을 전제로 한다. 즉 현실의 고통과 실존적 불안에서 비롯된다. 이는 태초의 회귀를 통한 재생에의 욕망과도 맞닿아 있다.

이와 같이 고려인 시문학에 나타나는 출구로서의 공간 지향은 출구로써 제3의 공간 즉, 유토피아의 공간을 상정하여 현실에서 오는 불안감이나 상실감을 치유하고자 하는 양상을 띤다.

중앙아시아 고려인은 한반도에서 이주한 조선민족의 한 갈래이다. 중앙아시아를 이루는 민족 중 하나로 토착 민족이 아닌 이주 민족이라는 점에서 모국의식이 강하나 한편으로는 속해있는 국가의 국민의식 또한 강한 점을 부정하기는 어렵다. 그럼에도 불구하고 고려인 시문학은 우리와 같은 언어로 창작되었다는 점과 우리와 같은 혈연적 뿌리를 가지고 있다는 점에서 한국문학의 범주에 귀속될 수 있다. 이는 현재의 시점에서 한국문학의 성과를 풍부하게 하고 지평을 확대할 수 있는 실질적이고 구체적인 자료라 할 수 있다.

아울러 문화적 차이의 중층적인 양상을 파악하기 위해서는 고려인 언어의 특성에 대한 관심을 좀 더 특별히 가져야 할 필요가 있다. 고려인들의 언어가 당시 지배 국가였던 소비에트어와 다른 것은 분명하지만 한국어가 소비에트식으로 변형된 부분도 있다. 따라서 우리말이긴 하나 우리말과는 차이가 나는 부분이 많다. 고려인들의 언어는 민족성을 유지하기 위한 핵심적 요소로 중요한 역할을 하기 때문에 고려인 문학은 심미적 기능만을 수행하는 문학적 수단으로서의 의미뿐만 아니라 상상의 공동체를 재현하는 기술적 수단 그 자체가 된다는 점도 중요하게 인식해야 할 문제이다.

V. 결론

    지금까지 고려인 시문학의 세계를 탈식민주의적 방법론에 의거하여 살펴보았다. 앞서 살펴 본 고려인 시문학 연구사를 통해 알 수 있듯이, 기존의 고려인 시문학에 관련된 연구는 대부분 디아스포라의 관점, 유의민들의 고향에 대한 그리움이나 향수, 문화적 갈등과 적응 노력과 같은 주제 하에서 이루어졌다. 또한 고려인 시문학을 정치, 사회적 상황 및 문예적 흐름과의 관련선상에 두고 시기별로 나눠 살펴보는 맥락에서 이루어졌다. 이상의 연구들은 고려인 문학의 기본 자료나 문학사적 가치와 해석에 있어서 많은 성과를 이뤄냈다는 점에서 의의가 있다.

    고려인 시문학은 우선 여타의 디아스포라 문학과는 다른 방법으로 접근이 가능하다. 강제이주라는 집단적 트라우마를 지닌 고려인들은 간접적이든 직접적이든 탈식민성을 구현할 수 밖에 없다. 이는 시문학에서도 다양한 탈식민주의적 양상으로 나타난다.

하지만 그동안 탈식민주의적 관점에서의 고려인 시문학은 연구된 바 없다. 따라서 본고에서는 탈식민주의적 관점에 입각하여 고려인 시문학을 살펴보았다. 특히 호미바바의 양가성 이론과 흉내내기, 미쉘페쉐의 동일화와 반동일화 이론을 주로 원용하였다. 이러한 방법론에 의거하여 고려인 시문학을 살피는 작업은 기존의 고려인 시문학 접근방식에서 더욱 확장된 글읽기의 한 방법이 될 것이다.

Ⅱ장에서는 고려인 시문학의 배경과 개관에 대해 살펴보았다. 소비에트 시대 중앙아시아에 살고 있던 고려인 문단은 단절의 공간이라 할 수 있을 만큼 한반도와 먼 곳에서 형성된 '한글문단'이라는 특징을 가지고 있다. 즉 소비에트 시대 고려인 한글문단은 불모지와 같은 중앙아시아로 강제이주를 당한 후 70여 년 간 지속되어 온 문단이라는 데 의의가 있다.

1937년 스탈린에 의한 강제이주 이후 고려인들은 자신들의 그림자마저도 두려워하는 존재가 되었다. 그들은 꼴호즈(집단농장)에서 몇 명만 함께 일을 하게 되면 혹시라도 민족주의 조성에 대한 혐의를 받을까봐 두려워하였다. 심지어 고려인들은 가정에서도 이웃들과 교제하기를 기피할 정도였다. 이들은 '1937년, 강제이주, 민족, 조상'에 대한 어떤 언급도 할 수 없었다. 강제이주 과정에서 겪은 죽음의 공포는 고려인들로 하여금 피해망상증에 시달리게 하였다. 이들은 죽음의 공포로부터 벗어나고 소비에트 정권으로부터 인정을 받기 위해 생산 활동에 적극적으로 참여했다. 이렇게 함으로써 그들은 자신들이 진정한 애국시민임을 소비에트 정권으로부터 인정받기를 소망한 것이다.

Ⅲ장에서는 고려인 시문학에 나타난 탈식민주의적 의식 양상을 살펴보았다. 1절에서는 동일화를 통한 정체성 확립 양상에 대해 살펴보았다. 지배적 질서와의 동일화는 심리적 공포와 소통 부재의 공간에서 소비에트를 새로운 고향이나 조국으로 만들기 위해 지배적 질서체계를 유토피아로 상정하고 찬양하며 현재의 삶을 긍정적으로 인식하는 양상으로 드러난다. 또한 레닌이나 스탈린, 10월 혁명, 사회주의에 대한 찬양 등으로 나타난다. 그리고 대체 기억을 통한 동일화이다. 이들이 택한 대체기억은 노력영웅, 투쟁의 영웅등을 호출하는 것으로 나타난다.

Ⅲ장 2절에서는 지배질서에 대한 부정의 양상에 대해 살펴보았다. 탈식민주의가 의미를 가지려면 식민지 현실 속에서 정신의 탈식민화를 실천하기 위한 저항의지의 표현이 드러나야 한다는 점을 염두했을 때, 고려인 시문학에 나타나는 두 번째 탈 식민성은 상징질서 체계에 대한 부정으로 정리할 수 있다. 이는 다시 세 가지 양상으로 나뉜다.

첫째, 실제 기억의 복원이다. 고려인 시문학에서 살펴볼 수 있는 지배질서 체계에 대한 부정은 억압되어 왔던 실재 기억을 호명하는 것으로부터 시작한다. 이러한 행위는 억압과 숨김의 상징계로부터 벗어나고자 하는 거부의 한 양상으로, 현재 상황의 굴레로부터 벗어나기 위한 안간힘이자 탈식민적 저항이라 할 수 있다.

둘째, 현실의 공간이 결핍의 공간임을 인식하는 것이다. 강제이주 후 지배계급과의 동일화를 통해 정체성을 찾고자 한 고려인들은 부단한 노력을 하지만 자신들이 지배계급과 같아질 수 없다는 사실을 인식하기에 이른다.

따라서 지배질서에 대한 거부의 방식으로 고려인들은 또 다른 지배질서에 대한 부정과 저항의 양상으로 현실공간이 결핍의 공간임을 인식하고 그것을 극복하고자 하고 완벽한 소통의 공간을 찾고자 한다.

셋째, 모국어에 대한 재인식이다. 고려인 시문학은 모국어로, 모국어에 대한 중요성과 그리움을 표출하고 있는데 이는 그 당시 지배이데올로기에 위배되는 것이다. '모국어'를 통한 민족적, 인종적 '기억'의 재현은 불온하고 위험한 것이기도 하다. '모국어'는 '모국'에 대한 모든 것을 담을 수는 없다 하더라도, '모국어' 자체가 내뿜는 언어적 아우라에 의해 '모국'에 대한 상상을 무의식화하는 작용을 한다. 언어는 단지 의사소통수단으로만 쓰이는 것이 아니다. 언어는 현실을 재구성함으로써 우리의 세계관을 구성한다. 스탈린 치하에서 자신을 고려인이라고 인식하거나, 나아가 자신을 고려인이라고 선언하는 것은 생존의 위협을 자초하는 행위에 속했다. 따라서 이러한 상황 속에서도 강요된 이미지를 거부하고 모국어의 중요성을 인식하며 모국어를 배우고자 하는 고려인들의 의식은 다분히 지배질서에 대한 부정의 한 양상임을 알 수 있었다.

Ⅲ장 3절에서는 탈주적 귀향의식과 새로운 공간 탐색의 양상에 대해 살펴보았다. 강제이주는 연해주에 거주하던 한인들에게 있어 갑작스러운 삶의 단절을 가져온다. 비록 연해주 땅이 조국의 땅은 아니었지만 지리적으로나 심리적으로 한반도와 친밀성을 갖고 있

었고 나름대로 민족 정체성을 유지한 채 집단생활을 영위할 수 있었다. 주지하다시피 연해주에 살던 한인들은 독자적으로 교육, 출판, 문화 활동 등을 전개하면서 조국과의 연대의식을 놓지 않았다. 그러나 폭력적이고 야만적인 강제이주 정책은 한반도와의 모든 연계성을 끊어버리는 사건이었다. 이러한 외부조건의 억압으로 인해 지배질서와 고려인 사이에는 틈새의 공간이 생성된다. 그 틈새공간을 메꾸기 위한 방법으로 그들은 "어머니"와 "고향", 그리고 유토피아와도 같은 새로운 공간탐색으로 이어진다. 그럼으로써 고단한 현실의 어려움을 극복하고자 한다.

휴식의 이미지, 내면성의 이미지들의 기원에는 동일한 몽환적인 뿌리가 있다. 그것은 곧 모성이며 이들 이미지는 어머니에게로의 회귀를 지향한다. 고려인들이 현실의 어려움과 지난함에 대한 극복 방안으로 삼은 것 역시 어머니이다. 어머니에 대한 그리움은 고향에 대한 형상화로 그 의미망이 넓어진다. 고향을 찾아가는 일이란 자신의 존재의 원형을 찾아 자아를 찾아가는 것과 동일한 의미를 지닌다. 그러나 고려인들의 귀향은 단순히 자아를 찾아가는 경로라기보다 좀 더 특별한 의미를 지닌다. 물질적으로는 결핍된 공간이나 억압과 지배의 고통이 없는 정서적으로 충만한 공간으로 회귀하고자 하는 욕망은 현실에서 오는 불안감이나 상실감을 치유하기 위한 하나의 방법이라 할 수 있다.

이런 점에서 볼 때 고려인 시문학에 나타나는 귀향의식은 일종의 탈주적 양상을 지닌다. 이는 주체가 자신의 결핍을 채워줄 대상을 찾고자 하는 욕망의 과정이자 유토피아적 세계에 대한 열망으로 확장된다. 이는 결핍의 공간을 인식하고, 강제된 이미지를 거부함으로써 정체성의 회복과 유토피아의 의미를 지닌 출구로서의 제 3의 공간 탐색으로 이어진다. 고려인 시문학에 나타나는 출구로서의 공간은 과거 이주 이전의 공간이나 이주 후 소비에트라는 지배질서 하의 공간에서도 발견할 수 없는 공간이다. 이는 현 시점에서 불러오는 과거 속의 공간으로 또 다른 창조의 공간이기도 하다. 이와 같이 고려인 시문학에 나타나는 출구로서의 공간 지향은 출구로써 제 3의 공간 즉, 유토피아의 공간을 상정하여 현실에서 오는 불안감이나 상실감을 치유하고자 하는 양상을 지님을 알 수 있었다.

마지막으로 이 논문이 갖는 한계를 언급해 두고자 한다. 기존의 고려인 시문학에 대한 해석과는 다른 방향인 "탈식민주의"이론을 원용해 시의 다양한 "의식 양상"을 살펴보는 작업은 대단히 흥미롭고 의미 있는 것이었다. 그러나 이러한 이론을 통해 고려인 시문학을 논의한 선행 연구가 거의 전무한 상태에서 심도 있는 분석이 이루어지고 있는가에 대한 낙관적 전망은 쉽지 않았다. 그럼에도 불구하고 고려인 시문학의 외형과 내적 의미를 확장시킬 수 있는 하나의 계기가 될 수 있다는 것에 의의를 두고 싶다. 본고에서 미진했던 분석들이 더 많은 논의를 거쳐 보완되고 극복되길 바란다.

| 참고문헌 |

1. 기본 자료

- 공동작품집(1958). 『조선시집』. 카사흐 국영 문예서적 출판사, 크슬오
르다, 알마아따, 카자흐스탄.

- 공동작품집(1971). 『시월의 해빛』. 작가 출판사, 알마아따, 카자흐스탄.

- 공동작품집(1975). 『씨르다리야의 곡조』. 작가 출판사, 알마아따, 카
자흐스탄.

- 공동작품집(1982). 『해바라기』. 사수식 출판사, 알마아따, 카자흐스탄.

- 공동작품집(1988). 『꽃피는 땅』. 사수식 출판사, 알마아따, 카자흐스탄.

- 김광현(1986). 『싹』. 사수식 출판사, 알마아따, 카자흐스탄.

- 김 준(1977). 『그대와 말하노라』. 사수식 출판사, 알마아따, 카자흐스탄.

- 김 준(1985). 『숨』. 사수식 출판사, 알마아따, 카자흐스탄.

- 리 진(1999). 『하늘은 언제나 나에게 너그러웠다』. 창작과 비평사, 경
기도, 대한민국

- 리 진(1989). 『해돌이』. 사수식 출판사, 알마아따, 카자흐스탄.

- 양원식(2002). 『카자흐스탄의 산꽃』. 시와진실, 서울, 대한민국

- 연성룡(1983). 『행복의 노래』. 사수식 출판사, 알마아따, 카자흐스탄.

- 신문, 《레닌기치》(1938~1990). 크즐오르다, 알마아따, 카자흐스탄.

- 신문, 《고려일보》(1991~1997). 타쉬켄트, 우즈베키스탄.

2. 국내 저서 및 단행본

• 김규진 편(1992). 『러시아문학과 사상』. 명지출판사, 서울, 대한민국.

• 김열규 등(1992). 『대륙문학 다시 읽는다』. 대륙연구소 출판부, 서울, 대한민국.

• 김석하(1973). 『한국문학에 나타난 낙원사상 연구』. 일신사, 서울, 대한민국.

• 서경식, 김혜신 옮김(2006). 『디아스포라 기행』. 돌베개, 서울, 대한민국.

• 이정남 등(1994). 『나는 부끄럽지 않은 한국의 딸』(세계 한민족 이민 생활수기 당선 작품집). 작가정신, 서울, 대한민국.

• 장사선, 우정권(2005). 『고려인 디아스포라 문학연구』. 월인, 서울, 대한민국.

• 강상중(1997). 『오리엔탈리즘을 넘어서』. 이산, 서울, 대한민국.

• 강응섭(1999). 『동일시와 노예의지』. 백의, 서울, 대한민국.

• 고부용(2003). 『탈식민주의』. 문학과지성사, 경기도, 대한민국.

• 고송무(1990). 『소련의 한인들과 사람』. 이론과실천, 서울, 대한민국.

• 고현철(1997). 『구체성의 비평』. 전망, 서울, 대한민국.

• 권택영 역음(1994). 『욕망이론』. 문예출판사, 서울, 대한민국.

• 권희영, 반병률(2001). 『우즈베키스탄 한인의 정체성 연구』. 정신문화연구원, 서울, 대한민국.

• 김성곤(1996). 『뉴미디어 시대의 문학』. 민음사, 서울, 대한민국.

• 김수복(1999). 『상징의 숲』. 청동거울, 서울, 대한민국.

• 김수복(1994). 『정신의 부드러운 힘:우리 시의 표정과 상징』. 단국대 출판부, 경기도, 대한민국.

• 김연수 역음(1988). 『치르치크의 아리랑』. 인문당, 서울, 대한민국.

• 김연수 (1986). 『소련식으로 우는 한국 아이』. 주류, 서울, 대한민국.

• 김종회 외(2003). 『한민족 문화권의 문학』. 국학자료원, 서울, 대한민국.

• 김종회 (1990). 『한국소설의 낙원의식 연구』. 문학아카데미, 서울, 대한민국.

• 김준오(1995). 『시론』. 삼지원, 서울, 대한민국.

• 김춘섭 외(2001). 『문학이론의 경계와 지평』. 한국문화사, 서울, 대한민국.

• 김필영(2004). 『소비에트 중앙아시아 고려인 문학사』. 강남대 출판부, 경기도, 대한민국.

• 나병철(2005). 『한국문학과 탈식민주의』. 깊은샘, 서울, 대한민국.

• 나병철(2004). 『탈식민주의와 근대문학』. 문예출판사, 서울, 대한민국.

• 나병철(1994). 『문학의 이해』. 문예출판사, 서울, 대한민국.

• 남혜경 외(2005). 『고려인 인구 이동과 경제환경』. 집문당, 서울, 대한민국.

• 마광수(1995). 『심리주의 비평의 이해』. 청하, 서울, 대한민국.

• 박경화(2005). 『탈식민주의 이론과 쟁점』. 문학과지성사, 경기도, 대한민국.

- 박종성(2006). 『탈식민주의에 대한 성찰』. 살림, 서울, 대한민국.
- 박주택(1999). 『낙원회복의 꿈과 민족정서의 복원』. 시와시학사, 서울, 대한민국.
- 송성헌(2002). 『작품중심 문학연구』. 한국문화사, 서울, 대한민국.
- 신동욱(1997). 『문예비평론』. 고려원, 서울, 대한민국.
- 이동렬(1988). 『문학의 사회묘사』. 민음사, 서울, 대한민국.
- 이명재 외(2004). 『억압과 망각, 그리고 디아스포라』. 한국문화사, 서울, 대한민국.
- 이명재 편저(2002). 『소련지역의 한글문학』. 국학자료원, 서울, 대한민국.
- 이무석(2003). 『정신분석에로의 초대』. 이유, 서울, 대한민국.
- 이석호 역(1996). 『포스트 콜로니얼 문학이론』. 민음사, 서울, 대한민국.
- 이은봉(1994). 『실사구시의 시학』. 새미, 서울, 대한민국.
- 장상희외 2인(1986). 『일탈의 사회학』. 경문사, 서울, 대한민국.
- 전경수 편(2002). 『카자흐스탄의 고려인』. 서울대학교 출판부, 서울, 대한민국.
- 전광식(1999). 『고향』. 문학과지성사, 서울, 대한민국.
- 정상진(2005). 『아무르만에서 부르는 백조의 노래』. 지식산업사, 서울, 대한민국.
- 정신문화연구원편(1983). 『캄차카의 가을』. 한국정신문화연구원, 서울, 대한민국.

• 한 진(1988). 『한진 희곡집』. 사수식 출판사, 알마아따, 카자흐스탄.

• 한 진(1990). 『오늘의 벗』. 사수식 출판사, 알마아따, 카자흐스탄.

3. 번역 외서

• Antinio Gramsci, 이상훈 역(1993). 『그람시의 옥중수고』. 거름, 서울, 대한민국.

• Ashis Nandy, 이순옥 역(1993). 『친밀한 적』. 신구문화사, 서울, 대한민국.

• G.바슐라르, 김현 역(1979). 『몽상의 시학』. 홍성사, 서울, 대한민국.

• Gayatri Spivak, 문학이론연구회 옮김(2008). 『경계선 넘기』. 인간사랑, 경기도, 대한민국.

• Homi Bhabha(2008). 『The Location of Culture』. Taylor & Francis, New York.

• Homi Bhabha, 나병철 역(2002). 『문화의 위치』. 소명출판, 서울, 대한민국.

• Leela Gandhi, 이영욱 옮김(1999). 『포스트식민주의란 무엇인가』. 현실문화연구, 서울, 대한민국.

• M. 하이데거, 소광희 역(1975). 『시와 철학』. 박영사, 서울, 대한민국.

• M.푸코, 오생근 역(1994). 『감시와 처벌』. 나남출판사, 서울, 대한민국.

• Stephen Morton, 이운경 역(2007). 『스피박 넘기』. 앨피, 서울, 대

한민국.

- 가야트리 스피박, 태혜숙, 박미선 옮김(2006). 『포스트식민이성 비판』. 갈무리. 서울, 대한민국.
- 게오르그 루카치, 반성완 역(1998). 『소설의 이론』. 심설당, 서울, 대한민국.
- 고려인문화엽회, 강회진 외 역(2007). 『우리들의 영웅』. Arnaprint, 타쉬켄트, 우즈베키스탄.
- 고자카이 도시아키, 방광석 옮김(2003). 『민족은 없다』. 뿌리와이파리, 서울, 대한민국.
- 김블라지미르(1995). 『ЭШЕЛОН-58』. Arnaprint, 타쉬켄트, 우즈베키스탄.
- 니시카와 나가오, 윤대석 역(2002). 『국민이라는 괴물』. 소명출판사, 서울, 대한민국.
- 다니엘네틀, 수잔료게인 지음, 김정화 옮김(2006). 『사라져 가는 목소리들』. 이제이북스, 서울, 대한민국.
- 다이안 맥도넬 지음, 임상훈 옮김(1992). 『담론이란 무엇인가』. 한울, 서울, 대한민국.
- 더글러스 로빈슨, 정혜옥 역(2002). 『번역과 제국』. 동문선, 서울, 대한민국.
- 들뢰즈·가타리, 조한경 옮김(1997). 『소수집단의 문학을 위하여』. 문학과 지성사, 서울, 대한민국.
- 릴라 간디, 이영욱 옮김(2000). 『포스트식민주의란 무엇인가』. 현실

문화연구, 서울, 대한민국.

• 메기험, 심정순·엄경숙 옮김(1995). 『페미니즘 이론사전』. 삼신각, 서울, 대한민국.

• 모리스 블랑쇼, 박혜영 역(1990). 『문학의 공간』. 책세상, 서울, 대한민국.

• 바트 무어-길버트 지음, 이경원 옮김(2001). 『탈식민주의! 저항에서 유희로』. 한길사, 서울, 대한민국.

• 베네딕트, 김규열 역(1989). 『문화의 패턴』. 까치, 서울, 대한민국.

• 블라지미르 김, 김현택 옮김(2002). 『러시아 한인 강제 이주사』. 경당, 서울, 대한민국.

• 빌 애쉬크로프트 외, 이석호 역(1996). 『포스트 콜로니얼 문학이론』. 민음사, 서울, 대한민국.

• 샤오메이 천, 정진배, 김정아 역(2001). 『옥시덴탈리즘』. 강, 서울, 대한민국.

• 에드워드 사이드, 김성곤 옮김(1995). 『문화와 제국주의』. 창, 서울, 대한민국.

• 에드워드 사이드, 박홍규 역(1991). 『오리엔탈리즘』. 교보문고, 서울, 대한민국.

• 응구기 와 씨옹오, 이석호 옮김(1995). 『탈식민주의와 아프리카문학』. 인간사랑, 서울, 대한민국.

• 존 멕클라우드, 박종성 외 역(2003). 『탈식민주의 길잡이』. 한울아카데미, 서울, 대한민국.

• 주디스 버틀러, 가야트리 스피박의 대담, 주해연 옮김(2008). 『누가 민족국가를 노래하는가』. 산책자, 서울, 대한민국.

• 프란츠 파농 지음, 남경태 옮김(2004). 『대지의 저주받은 자들』. 그린비, 서울, 대한민국.

• 피터차일즈, 패트릭 윌리엄스 지음, 김문환 옮김(2004). 『탈식민주의 이론』. 문예출판사, 서울, 대한민국.

4. 학위 논문

• 김보희(2006). 「소비에트 시대 고려인 소인예술단의 음악활동」. 박사학위논문, 한양대학교, 서울, 대한민국.

• 이정희(1993). 「재소한인 희곡연구」. 석사학위논문, 단국대학교, 경기도, 대한민국.

• 이주영(2006). 「오장환 시 연구」. 석사학위논문, 서강대학교, 서울, 대한민국.

• 임경옥(2003). 「김수영 시와 탈식민주의」. 석사학위논문, 충남대학교, 대전, 대한민국.

• 주요철(2003). 「카자흐스탄의 극단 〈고려극장〉 고전작품 연극화에 관한 연구」. 석사학위논문, 중앙대학교, 서울, 대한민국.

5. 논평, 평론, 소논문

• 강회진(2006. 7). 「깔호즈에 피는 사랑」. 여성불교, 서울, 대한민국.

• 김성곤(1992. 여름). 「탈식민주의시대의 문학」. 외국문학, 서울, 대한민국.

• 김필영(2005). 「한국 동란과 소비에트 중앙아시아 고려인 문학」. 2회 세계 한국학 대회, 중앙아시아 한국학회. 서울, 대한민국.

• 서강목(1999. 가을). 「탈식민주의 시대에 다시 읽는 은구기—한알의 밀과 피의 꽃잎을 중심으로」. 실천문학, 서울, 대한민국.

• 심헌용(1999). 「강제이주의 발생 메카니즘과 민족관계의 특성 연구」. 국제정치논총, 39(3). 서울, 대한민국.

• 유 게라씸(1990). 「재쏘 조선사람들」. 한국과 국제정치, 대구, 대한민국.

• 윤형숙·강정원·김경학·이헌종·정연욱(2000) 「소련 사회주의체제 해체 후 카자흐스탄 종족민족주의의 부활과 고려인의 정체성」. 비교문화연구, 제6집 (1호). 서울, 대한민국.

• 이경원(2001). 「탈식민주의 계보와 정체성」. 비평과 여론, 제6. 서울, 대한민국.

• 이종훈(1994). 「중앙아시아 한인문제와 정책과제」. 한민족공동체, 서울, 대한민국.

• 임채완(1991). 「소련 한인사회의 현황과 과제」. 통일문제 연구 8집. 광주, 대한민국.

• 유헌식(1999). 「기억과 행위의 변증법」. 철학과 현실, 40호. 서울, 대
한민국.

• 정상진(2002). 「재소련 고려인 문학의 정체성」. 민족발전연구, 제6
호. 서울, 대한민국.

• 한승옥(2005). 「재일동포 한국어 문학연구 총론 (1)」. 한중인문학연구
14집. 서울, 대한민국.

중앙아시아 고려인 시문학의 탈식민주의 연구

아무다리야의 아리랑

초판 1쇄 찍은 날 2010년 1월 29일
초판 1쇄 펴낸 날 2010년 2월 8일

지은이 강회진
펴낸이 송광룡
펴낸곳 문학들
주소 503-821 광주광역시 남구 양림동 24-18번지 2층
전화 062-651-6968
팩스 062-651-9690
메일 munhakdle@hanmail.net
등록 2005년 8월 24일 제2005 1-2호

값 12,000원
ISBN 978-89-92680-34-9 03800

잘못된 책은 바꿔드립니다.